遠山金四郎が吼える

小 杉 健 治

幻冬舎時代小説文庫

遠山金四郎が咆える

目次

第一章　儒学者の家

一

天保十二年（一八四二）十二月。

本所亀戸町《かめいどちょう》の片隅にある安酒を呑《の》ませる呑み屋はきょうも客で立て込んでいた。日傭取《ひようと》りや棒手振《ぼてふ》りなどのその日稼ぎの者が多い。

最初からその日稼ぎの仕事をしているわけではなく、奉公していた商家から人減らしのためにやめさせられ、生きていくためにその日稼ぎの仕事に就いた者もいる。

さらに、農村からの出稼ぎ者もいる。

出稼ぎ者は中間《ちゅうげん》奉公、駕籠《かご》かき、車引きなどの仕事に就く。

初次《はつじ》もそんな出稼ぎ者のひとりだった。村では年貢の取り立てが厳しく、暮らしも立ち行かず、初次は五年前の二十のときに江戸に出てきた。

最初は口入れ屋の世話で土木工事などの仕事をしていたが、そのうちに棒手振りで町を歩くようになった。

だが、奢侈《しゃし》禁止令が出て高価なものが売れず、大店《おおだな》は不景気の波に呑まれていた。やめさせられる奉公人も多い。そういう皺寄《しわよ》せは下々にも広がり、棒手振り稼業も厳しい。

だが、幸いなことに、初次には目をかけてくれている大店の旦那がいて、品物を買ってくれるのだ。

それでも、それがいつまで続くかという不安はある。

ふと目の前に影が差した。

「不景気な面をしているな」

日傭取りの松助《まつすけ》だった。同い年の二十五歳で、顔や腕などは赤銅色に焼けていた。初次も棒手振りで歩き回っているので陽に焼けているが、松助に比べたら焼けているうちに入らない。

「そうかえ。そんなつもりじゃないが」

「うむ。おい、こっちに酒だ」

松助が小女に声をかける。

酒が届いて、松助は手酌で呑みはじめ、

「じつは相談があるんだ」

と、ふいに猪口《ちょこ》を置いた。

「なんでえ」

「あるお方の話をいっしょに聞きに行ってもらいたいんだ」

「あるお方？」

初次は松助の顔を見た。

「うむ」

松助は酒を注ぎ、もったいぶるように猪口を口に運んだ。

初次は興味なさそうに松助の顔から目を逸《そ》らした。

「おい、聞けよ」

「だったら、早く言えよ。もったいぶるなら聞かなくていい」

初次は冷たく言う。

「じつは大鳥玄蕃《おおとりげんば》という儒学者なんだ」

「儒学者？　そんな学者の話を聞いたってしょうがねえ」

「そう言うな。玄蕃さまは今のご改革を憂えておられる」

天保年間に入り、全国的な飢饉《ききん》に見舞われ、貨幣経済の発達により幕府財政は逼《ひっ》迫《ぱく》してきた。この事態を乗り越えるために、老中水野越前守忠邦《みずのえちぜんのかみただくに》によって改革がはじまった。

物価高騰の原因である奢侈を禁じるための風俗取締りの強化であった。高価なものの売買が禁止され、呉服問屋、太物《ふともの》問屋なども客が遠《とお》退き、盛り場でも葦簾《よしず》張りの水茶屋やわらび餅などの食べ物屋なども客はまばらで、船宿には船がたくさん停泊し、大川に遊ぶ船客もいない。

「贅沢品《ぜいたくひん》の売買禁止は金持ちだけの問題じゃねえ。それで潤っていた大店やそこに出入りする業者にも影響が及ぶ。景気が冷え込めば、俺っちみてえな下層の者にも影響は及ぶんだ。玄蕃さまはこのことをなんとかしようとしているんだ」

松助は熱く語った。

「このままでは、いずれ俺たちは飢え死にするしかなくなる。どうだ、明日、集りがあるんだ。行ってみないか。役に立つ話があるかもしれない」

「学者の話を聞いたって、金になるわけじゃねえ」

初次は気乗りしなかった。

「何か耳寄りな話も聞けるかもしれない。この先、世の中がどうなっていくか、それを知るだけでも今後に役立つはずだ」

「…………」

「おい、初次。なんで俺がこんなに熱心なのかわかるか」

「なぜだ？」

「老中の水野さまは、農村から江戸に出稼ぎに来た者を国に帰そうとしているらしい。江戸に出ればなんとかなると思って皆江戸に出てくるので、江戸の人口が増える。おめえも帰らされるかもしれない」

「江戸に来て五年だ。人別帳にも載っている。帰されるとは思えない」

「いや、江戸で商売をし、妻子があれば別だが、独り身で棒手振り稼業ではわからんぞ」

「…………」

「無宿人狩りもあるそうだ。佐渡金山も仕事があまりなく、人足寄場もいっぱいらしいから」

「松助。大鳥玄蕃というひとは信用出来るのか」

初次は松助の顔を見つめる。

「信じられるかどうか、一度会って自分の目で確かめてみろ」

「確かに、改革がはじまってから世の中は息苦しい。こんな息苦しさがいつまで続くのか気になる」

「玄蕃さまの考えを聞いてみるんだ。玄蕃さまは学問を教えていらっしゃる。だが、俺たちは儒学を学びに行くんじゃねえ。世相を教えてもらうんだ」

「うむ」

初次は迷った。

「初次。会って、信じられねえとわかったら二度と顔を出さなければいい」

「よし。会ってみよう」

初次は心を決めた。

「そうか。場所は一ツ目弁天の裏手にある二階建ての一軒家だ。料理屋だったが、何年か前に廃業になったらしい」

「そうか」

「よし。じゃあ、明日の七つ（午後四時）ごろに一ツ目弁天の入口で待ち合わせよう」

「わかった」

「姐《ねえ》さん、勘定を頼む」

「はーい」

小女がやって来た。

「こっちのぶんもいっしょだ」

松助が言う。

「俺のぶんも？　いや、そんなことしてもらっちゃ……」

「なあに、いいってことよ」

松助は鷹揚《おうよう》に言い、ふたりぶん支払った。

松助が先に引き上げ、遅れて初次も店を出た。

天神橋を渡ったところにある柳島町のマタタビ長屋に帰ってきた。猫がよく集まってくるので、猫の好物のマタタビに引っかけていつしかそう呼ばれるようになった。今夜も屋根の上で数匹の猫が目を光らせていた。

初次は一番奥の家に入った。棟割長屋で、部屋の三方は壁だった。

流しで瓶《かめ》の水を杓《ひしゃく》で掬《すく》って飲む。松助に馳走《ちそう》になったが、不思議だった。松助は金に余裕があるのだろうか。

足を雑巾で拭いて部屋に上がった。枕屏風《まくらびょうぶ》をどかし、ふとんを敷く。

（大鳥玄蕃か……）

初次は思いだして名を口にした。

初次は武州の山間の村で生まれた。耕作地が少なく、村は貧しかった。それでも農業だけでなく、木の伐採などを兼業してきたが、重い年貢にも苦しめられてきた。明日のことも見えなくなって、初次は江戸に出ることになった。

江戸に出ればなんとかなる。事実、一旗揚げてうまくいった者もいるのだ。仮に、そこまで出世出来ずとも、江戸に行けば仕事がなんでもあり、食うだけは出来る。村では滅多に食えない白い飯を食べることが出来るのだ。

そう夢を抱いて江戸に出てきた。それから五年経《た》った。

元手も天秤棒も親方から借り、何種類かの野菜を仕入れ、早朝から夕方まで棒手振りで歩き回ってきた。

　自分ひとりが毎日食っていくだけで精一杯で、所帯を持つなどとうてい無理だ。それでも、村での暮らしに比べたらまだましだった。

　だが、今年の五月に改革がはじまってから、急に世の中が息苦しくなった。贅沢品の売買禁止は金持ちだけの問題だと思っていたが、影響は下々にも及んできた。最近は実入りも少なくなっている。

　それでも、なんとかやってこれたのは初次に心強い味方があったからだ。米沢町にある紙問屋『美濃屋』の主人光右衛門《みつえもん》が初次を贔屓《ひいき》にしてくれて、女中頭に初次の野菜を買ってやるように話してくれていた。

　光右衛門は初次と同じ村の出だった。初次より三十年も前に十二歳で江戸に出て『美濃屋』に奉公した。

　小僧から手代になり、やがて番頭になったとき、先代に見初められて婿になったのだ。

　同郷というだけで、目をかけてくれていた。

　だが、今後改革が続けば『美濃屋』の商売にも差し障りが出るようになるかもしれない。改革がいつまで続くのか。続くなら、どう対処していったらよいのか。そのことを教えてもらえるなら知りたいと、大鳥玄蕃に期待した。

ふとんに入っても妙に心が騒いで眠れなかった。


翌朝、いつものように親方から元手と天秤棒を借り、いつもより少なく野菜を仕入れ、天秤棒を担いで本所から深川をまわった。

そして、七つ前までに野菜を売り切り、親方のところに赴き、天秤棒と借りた金に利子をつけて払い、一ツ目弁天に向かった。

一ツ目弁天の入口に松助が立っていた。

「来てくれたか。よかった。さあ、行こう」

松助が先に立った。

一ツ目弁天の脇の道を行くと、二階建ての大きな家が現れた。板が剝がれ、朽ちかけた黒板塀に囲われている。料理屋だったという面影がある。庭木が鬱蒼《うっそう》としている。

壊れた門を入り、戸口に向かう。

戸を開けると、広い土間に履物がたくさん並んでいた。奥から柔らかい声が聞こえてきた。

板の間に上がって廊下を曲がると、内庭に面した広間が見えた。近づくと、朗々たる声が聞こえてきた。

松助が障子を開け、静かに部屋に滑り込む。初次も続いた。

床の間を背に、月代《さかやき》を剃らず、後ろで髷《まげ》を束ねただけの総髪で品のいい三十代半ばぐらいの男が十人ぐらいの門弟に講義をしていた。あれが大鳥玄蕃であろう。門弟はほとんどが武士だった。

「学問を教えているのだ。だいたい七つまでだ」

松助は小声で言う。もう七つになるころだ。

ほどなく、講義が終わった。

松助は初次に合図をし、門弟たちの脇を通って床の間の前にいる大鳥玄蕃のところに向かった。

「先生、初次を連れてきました」

「ご苦労です」

やさしい声で言い、玄蕃は初次に顔を向け、

「よく来てくださいました。大鳥玄蕃です」

と、穏やかに言う。

「初次でございます」

「先生、失礼します」

門弟たちが声をかけて引き上げて行く。

門弟が全員引き上げてから、

「皆さん、学問をしに来ていらっしゃるのですか」

と、初次は自分が場違いなところに来たような不安に駆られた。学問とは無縁であり、興味もない。

「これからは学問が必要になりましょう」

玄蕃は言ってから、

「初次さんは武州の出だそうですね」

「はい。五年前に江戸に出てまいりました」

「毎日野菜を売り歩いているそうですが、それで暮らしはいかがですか」

「その日暮らしですが、なんとかやっていけています」

「ところが、今、老中水野忠邦はひと返しを考えているようです。町奉行にその方策についていて意見をきいているそうです」

「それ、ほんとうなのでしょうか」

　初次は不安そうに玄蕃の顔を見た。

「じつは私の門弟に南町の与力と親しい者がおります。信頼のおける男です。その者が聞き及んだことですから間違いありません」

「そうですか」

「ところで、初次さんは米沢町にある紙問屋『美濃屋』の旦那とは親しいそうですね」

　そんなことまで松助は話していたのかと思いながら、

「『美濃屋』の旦那とは同郷なんです。野菜を買ってくれた女中も同郷で、その女中からあっしのことを聞いて、頑張れと声をかけてくださいました」

「なるほど」

「『美濃屋』さんに何か。まさか、ご改革の影響が……」

初次は気になってきいた。

「いえ、『美濃屋』さんはだいじょうぶだと思いますが……」

玄蕃は厳しい顔で首を横に振って、

「ただ、江戸の下層で暮らすひとたちがこれから迎えるであろう困難を思うと胸が痛みます」

と言い、目を閉じた。

が、すぐ目を開け、

「それに引き換え、特権階級の者たちはのうのうとしています。奢侈禁止令が出て、贅沢品の取引は出来なくなりました。でも、一部の者たちは金襴《きんらん》の着物を身にまとい、豪華な料理に舌鼓を打っているのです」

「ほんとうですか」

「ほんとうです。有名な料理屋の奥座敷で、米問屋の主人がどこかの武士と豪勢な酒宴を開いていたそうです。それも一度や二度ではないようです。料理屋で働いている門弟がはっきり自分の目で見たそうです」

「そんな……」

初次は呆《あき》れた。

「じつは私はこのままではいけないと思っているのです。何かしなければ、世の中は真っ暗闇になってしまいます」

「何かと言いますと？」

「それをこれから考えようとしているのです。皆で考えを言い合い、何をなすべきか考えたいのです」

玄蕃は厳しい表情になり、

「ぜひ、あなたにも力を貸していただきたいのです」

「あっしにそんな力はありません」

初次は尻込みした。

「いえ、あなたにはあなたでなければ出来ないことがあるはずです。世の中を明るくするためにいっしょに闘いましょう」

闘いという言葉に少し恐れをなしたが、玄蕃の言葉には妙に引きこまれるものがあった。初次は思わず、

「あっしに出来ることがあればなんでもさせていただきます」

「ありがとう。そう言ってくださると、百人力を得た思いでございます」

玄蕃は頭を下げた。

「とんでもねえ」

初次はあわてて手を横に振った。

「明日の夜、ここで世を憂える者たちが集まって今後のことを話し合います。あなたもぜひ、加わってください」

玄蕃は初次を大事な仲間だというように話す。

「ぜひ、お願いします」

思わず、初次は頭を下げていた。

玄蕃の家を引き上げ、初次は松助といっしょに一ツ目弁天の入口まで戻った。

「どうだった？」

松助がきいた。

「不思議なお方だ。玄蕃さまの言葉は一々胸に響いてくる。ひとを引きつける何かがある。高貴なお方のような気品がある」

「うむ。あのお方の人徳が周囲の者を引きつけるんだ。あのお方のためならなんとかしてやりたいと思ってしまう」

松助も同じ感想を述べた。

「初次。いいか、玄蕃さまの集りを奉行所の者に感づかれたらどんな誤解を受けるかしれない。あくまでも、学問を習いに行くということにするんだ」

「わかった」

「じゃあ、俺は玄蕃先生のところに戻る。明日、忘れるな」

そう言い、松助は引き返した。

玄蕃に会った興奮のせいか、師走の冷える夜でも寒さを感じなかった。

二

数日後の朝、北町奉行遠山金四郎《とおやまきんしろう》は呉服橋御門内の奉行所から駕籠で出発した。今月は北町奉行所が月番であり、表門を八の字に開いている。月番の町奉行は朝四つ（午前十時）の御太鼓の前に登城し、八つ（午後二時）に奉行所に戻るのだ。

金四郎は大手御門を入り、下乗橋《げじょうばし》で駕籠から下りた。侍ふたり、草履取ひとり、挟箱《はさみばこ》持ひとりを連れて徒《かち》で、三の御門をくぐる。甲賀百人組の番所の前を過ぎ、中の御門を経て、本丸大玄関への最後の門、中雀門《ちゅうじゃくもん》に出る。近くに御書院番頭の詰所がある。

中雀門をくぐって、金四郎は千鳥破風《ちどりはふ》の屋根の大玄関に向かった。

金四郎は玄関の式台を上がった。金四郎は気が重かった。水野忠邦はとうとう南町奉行の矢部《やべ》駿河守定謙《するがのかみさだのり》を罷免したのだ。

二間半の廊下を伝い、老中御用部屋の前にやって来た。この先は将軍の公邸である中奥になる。

老中と若年寄の部屋と廊下を隔てて中之間があり、ここに寺社奉行や大目付、町奉行や勘定奉行が入る。

金四郎はこの部屋で控え、老中水野忠邦からの呼び出しを待つ。

金四郎は寛政五年（一七九三）八月に生まれ、幼名を通之進《みちのしん》といったが、文化六年（一八〇九）、十六歳のときに実父の通称であった金四郎と改めた。文政八年（一八二五）に西丸御小納戸役《おこなんどやく》に召しだされてお役に就き、文政十二年（一八二九）、三十七歳で遠山家の家督を継いだ。

その後、小普請奉行、作事奉行、そして天保九年（一八三八）には勘定奉行にまでなっている。

そして去年の天保十一年（一八四〇）三月に北町奉行に就任したのである。

南町奉行は今年四月に就任したばかりの矢部定謙であった。が、五年前の不正事件絡みで、矢部定謙は奉行をやめさせられたのだ。

矢部とはいっしょに水野忠邦の改革に立ちはだかっていこうと心を合わせていただけに、金四郎にとっても痛かった。

それればかりではなく、芝居町の所替えも決まってしまった。取り潰しを免れただけでもよしとしなければならなかったが、所替えを阻止出来なかったのは無念であった。

半刻（一時間）後、金四郎は水野忠邦に呼ばれ、老中御用部屋に向かった。

忠邦は文机《ふづくえ》に積まれた書類に目を通している。金四郎が控えても、その作業をやめようとしなかった。

忠邦は唐津《からつ》藩藩主水野忠光《ただあきら》の子として生まれたが、幕閣への栄達を望み、家臣の諫言《かんげん》も聞かず浜松藩への領地替えを果たし、賄賂を贈り続け、ついに老中に上り詰めた男である。そして、今年の五月から改革を押し進めた。

引き締まった口許《くちもと》にはどんな困難にも負けずに意志を貫き通すという強情さが窺《うかが》えた。

ようやく、忠邦は金四郎に顔を向けた。

「昨日、南町奉行矢部駿河守はお役御免になったが、事件の解明は終わったわけではない。駿河守は罪を認めておらず、かねての手筈《てはず》に従い、評定所にて取り調べを行なう」

「恐れながら」

金四郎は口をはさんだ。

「駿河守どのは奉行職を解かれたことで制裁を受けたと思います。この上、評定所にて取り調べることが必要かどうか、いささか……」

「駿河守は罪を認めようとせぬ。それより、自分の無実を言いたいがために幕政への批判をしておるのだ」

天保七年（一八三六）の飢饉の折り、南町奉行所の年番方与力仁杉五郎左衛門《ひとすぎごろうざえもん》は市中御救い米取扱掛を務め、御用達の商人に金を出させ、遠国から米を買いつけ、御救い小屋に粥を施した。

このとき、仁杉五郎左衛門の下で働いていたのが佐久間伝蔵《さくまでんぞう》と堀口六左衛門《ほりぐちろくざえもん》という同心だった。当時の南町奉行は筒井政憲《つついまさのり》である。

ところが、この買米に絡む不正があったのではないかと、今年になって矢部が老中に告発したのだ。

当時、矢部は勘定奉行をしていて、買米に不正がないかを監視していたところ、南町の与力の不正に気づいたという。

告発がその当時ではなく、今年になってからだったのは、当時は証拠が見つからなかったからだと矢部は弁明した。

勘定奉行を辞したあとも気にかかっていたので、小普請組支配になり、時間の余裕が出来たのでまた調べだした。そして、仁杉五郎左衛門の下で働いていた堀口六左衛門から不正のからくりを聞き出すことが出来たのである。

矢部の告発により、仁杉五郎左衛門は不正があったとして捕縛され、奉行の筒井政憲は不正を黙殺したことで責任をとらされた。

矢部は、お役目ではなく不正を見つけた者の責務として告発したというが、ことを複雑にしたのは、筒井政憲に代わって矢部が南町奉行に就いたことだ。矢部が奉行の座を狙って筒井政憲を追い落としたという噂が立った。

さらに、今年の六月、南町奉行所内で同心の佐久間伝蔵が堀口六左衛門を殺害しようとした。六左衛門が奉行所に遅れてきたために六左衛門の伜《せがれ》に斬りつけて殺害し、自害して果てたという事件が起きたのだ。

佐久間伝蔵は堀口六左衛門があらぬことを矢部に喋《しゃべ》ったために仁杉五郎左衛門が罪を負ったという義憤を抱いていたことがわかっている。だが、事件は佐久間伝蔵の乱心ということで決着がついている。

ところが、またもこの不正事件が表舞台に登場することになった。

佐久間伝蔵の妻女が水野忠邦に駕籠訴をしたのだ。伝蔵は乱心ではなく、理由があって刃傷《にんじょう》に及んだのだと訴えたのである。

こういう流れがあって、忠邦は金四郎に五年前の不正事件を調べるように命じたのだが、いくつか不可解な点があった。

まず、佐久間伝蔵の妻女が忠邦に駕籠訴をした件だ。妻女が自発的に訴えたとは思えないのだ。というのは最近、御徒目付《おかちめつけ》がしきりに妻女に接触していたことがわかっている。

妻女をそそのかし、駕籠訴をさせたのは鳥居耀蔵《とりいようぞう》ではないか。南町奉行の後釜に座ろうとした鳥居耀蔵が矢部の追い落としを図ったのではないかと金四郎は見ている。

忠邦は改革に楯突《たてつ》く南北の奉行、すなわち矢部定謙と金四郎を罷免したがっていた。ふたりが手を組めば改革を抑え込むことが出来る。そのことを恐れた忠邦は狙いを矢部定謙に定めた。

矢部が奉行をやめれば、忠邦の目的は達成するのではないかと思い、金四郎はさらに訴えた。

「寄合になり、駿河守どののもはやこれ以上の抵抗はなされないと思います。どうか、これで幕引きを願いとうございます」

「ならぬ。不正事件の罪を逃れるために幕政への批判を繰り返す罪は大きい。糺弾《きゅうだん》は徹底的に行なう。評定所での取り調べはかねてのとおりそなたが行ない、立合いは目付の鳥居耀蔵にやらせる」

矢部を徹底的に追い詰めようとしているのは、金四郎に対しての、逆らうと同じ目に遭うという威《おど》しだ。

本来であれば、改革に批判的な金四郎の奉行職も剝奪したいのだろうが、金四郎は将軍家慶《いえよし》から信任が厚く、忠邦も迂闊《うかつ》に手を出せないので、このような形で金四郎を封じ込めようとしているのだ。

「それから、矢部の後任に鳥居耀蔵を推挙する伺書《うかがいしょ》を上様に提出した。まだ、上様の許しを頂いておらぬが、いずれそうなろう。これからは、そなたと鳥居耀蔵とに南北の奉行として改革を推し進めてもらう。以上である」

忠邦は会談を一方的に切り上げ、顔を文机に向けた。

金四郎は低頭して老中御用部屋から引き上げた。


八つ過ぎ、金四郎は北町奉行所に戻った。

それから、刑事と民事の裁きを白洲でこなし、用部屋に戻ってからたまっていた書類の決裁をした。

夕餉《ゆうげ》のあとも金四郎は居間にこもって書類を調べた。この役宅には妻子も暮らしているが、ゆっくり妻と寛《くつろ》ぐ時間はない。妻も激務を承知しているので、愚痴をこぼすようなことはなかった。

　文机に広げた書類に目を通していると、襖《ふすま》の外から声がした。

「殿、よろしいでしょうか」

「駒之助《こまのすけ》か」

「はっ」

　内与力の相坂《あいさか》駒之助だった。内与力は奉行所内の与力ではなく、金四郎が赴任するときに連れてきた家来のうちのひとりである。

　奉行所の与力・同心は奉行所に属しており、奉行の家来ではない。奉行の支配下にあるが、奉行が代われば、与力・同心は新しい奉行の支配を受けるのである。

　しかし、奉行は腹心の部下がいないと何かとやりにくい。そこで、新任のときに自分の家臣の者を十人連れてきて奉行所勤務をさせることが出来た。これが内与力であり、相坂駒之助は自分が連れてきた中でももっとも若く小回りのきく男だった。

「田沢《たざわ》さまがお目通りを」

　襖を開けて、駒之助が言う。

　田沢とは隠密同心田沢忠兵衛《ちゅうべえ》である。隠密同心は奉行から直接探索の命を与えられたり、自分の裁量で市中の探索をしたりする。

今は特に命じていることはないので、忠兵衛が何か摑《つか》んできたのであろう。

「通せ」

「はっ」

いったん襖を閉め、駒之助が去って行く。

しばらくして、

「失礼いたします」

と、田沢忠兵衛がやって来た。

「夜分申し訳ございません」

部屋に入って、忠兵衛は頭を下げる。

「聞こう」

「はっ」

忠兵衛は顔を上げた。

「二か月前に博打《ばくち》で捕まった千吉《せんきち》という錺《かざり》職人は江戸所払いになったはずですが、十日ほど前に深川の佃町《つくだちょう》の女郎屋から出てくるのを見かけました。ひと違いかもしれないと思いながら、あとをつけたところ、一ツ目弁天の裏に消えました。路地の入口の近くに夜鷹《よたか》そばの屋台が出ているのです。路地を入って行く者は屋台の亭主に会釈をしていきます。どうも、夜鷹そば屋は見張り役のような気がしたので、その日はそのまま引き上げました」

忠兵衛は続ける。

「それで次の日の昼間、一ツ目弁天の裏に続く路地に行ってみました。近くにある酒屋できいたところ、儒学者の大鳥玄蕃という者が一ツ目弁天の裏で塾を開いているそうです。それでずっと張っていたところ、昼過ぎにぞろぞろと十人ほどの門弟が路地を入って行きました。小普請組の御家人もいるようです。ところが夜になると、路地の入口近くに夜鷹そばの屋台が出るのです。やはり見張りだと思います。路地に出入りする者に、屋台の亭主が目を光らせています」

「…………」

金四郎は表情を厳しくした。

「あの家には遊び人のような男が何人か住み込んでおります。とうてい学問に縁のなさそうな者たちです」

「江戸所払いの者がそこに匿《かくま》われているとあれば捨ててはおけぬ」

「それだけではありません。先月、芝神明町で、商家の主人が殺され、下手人の手代勘助《かんすけ》が逃亡しました。その勘助に似た男があの塾にいるようなのです」

「なんと、罪を犯した者の逃げ場所になっているというのか」

「はい。そんな感じがします」

「由々しきこと」

金四郎は憤然とした。

「何かあるのは間違いなさそうだ」

金四郎は唸《うな》って、

「なんの狙いがあるのか、しばらく様子を見よう。勘助と千吉はしばらく泳がせておけ」

「はっ」

「で、大鳥玄蕃とはどういう人物だ？」

「それがよくわからないのです。あの場所で塾を開いたのは半年ぐらい前だそうです。それまでどこにいたのかわかりません」

「なんとか調べだすのだ」

「はっ」

「駒之助にも話を聞かせておこう」

金四郎は手をぽんぽんと叩《たた》いた。

しばらくして襖が開き、

「お呼びでございましょうか」

と、駒之助が顔を出した。

「入れ」

「はっ」

駒之助は部屋に入った。

二十六歳の凜々《りり》しい顔つきの男だ。涼しげな目許《めもと》と微笑《ほほえ》むかのような口許が他人に安心感を与える。

駒之助はもともとは町人の出である。金四郎が親しくしていた芝居町の座元藤蔵《とうぞう》の奉公人の子どもだ。剣術道場でたまたま見かけ、その剣の腕前に惚《ほ》れ込んで、ある小普請組の家の養子に入れ、そこから金四郎の家来にした。剣だけではなく、才知に長《た》けており、金四郎は駒之助に信頼を置いていた。

「今、忠兵衛の話を聞いた。一ツ目弁天の裏で塾を開いている大鳥玄蕃という儒学者がいるそうだ。忠兵衛、駒之助にも話を」

金四郎は駒之助から忠兵衛に目を移した。

「はっ」

忠兵衛は今の話を駒之助にもした。

駒之助は真剣な眼差しで聞いていたが、顔つきも変わってきた。

「勘助と千吉が住み込んでいるとしたら、他にもいかがわしい者たちを匿っていると考えられます。もちろん、学問の門弟とは思えません。下層の者たちを集めていることに何かの思惑を感じます」

駒之助は感想を述べた。

「じつは私は大塩平八郎《おおしおへいはちろう》の乱を思いだしました」

忠兵衛が口にした。

「大塩平八郎か」

金四郎は思わず呟《つぶや》く。

大塩平八郎は大坂町奉行所与力であったが、陽明学の塾『洗心洞《せんしんどう》』を開いた。門人は町奉行所の与力・同心とその子弟、近くの農村の富農たちであった。

天保の大飢饉の最中である天保八年（一八三七）年二月十九日、米を買い占めて値上げで儲ける悪徳商人や、これらの悪徳商人を取り締まろうとせず、飢えに苦しむ人々を救おうとしない奉行や役人たちを懲らしめるために門弟たちと共に打ちこわしを起こしたのだ。大塩平八郎は蔵書を売り払った金で民衆一万人に金一朱ずつ分配し、打ちこわしの檄文《げきぶん》を各地に送った。

裏切り者が出て、打ちこわしは僅か半日で鎮圧されたが、四月に備後《びんご》、五月に播磨、六月に越後、七月に摂津でと平八郎の門弟や平八郎の乱に影響された者たちが一揆を起こした。

「大塩平八郎は各地に蜂起を呼びかける檄文を配りました。それによって、各地で暴動が起きました。まさかとは思いますが、大鳥玄蕃は大塩平八郎の檄文に突き動かされた者ではないかと」

「うむ。大飢饉は脱しているが、今の閉塞した世の中への不満がどんな形で爆発するかしれぬ。思い過ごしかもしれぬが、危険な芽は早い段階で摘んでおいたほうがいい。念のために明日、大鳥玄蕃を遠くからでも見てみよう。忠兵衛、案内を。駒之助も付き合うのだ」

「はっ」

ふたりは頭を下げた。

翌日の七つ（午後四時）下がり、下城した金四郎は深編笠に黒の羽二重の着流しで一ツ目橋の袂《たもと》に立った。

駒之助は遊び人の格好で、忠兵衛は煙草《たばこ》売りに扮《ふん》していた。

「この脇の路地を入った奥に二階建ての一軒家があります。そこが塾です。もともとは隠れ家のような料理屋だったそうです。数年前に廃業し、ずっと空き家になっていたのを、半年前から大鳥玄蕃が住み着いたそうです」

忠兵衛は金四郎に告げる。

「元の料理屋の主人にきけば、建物が大鳥玄蕃に渡った経緯《いきさつ》がわかるのだが」

「はい。今、料理屋の主人を探していますが、誰もどこにいるのか知らないのです」

「そうか。よし。怪しまれるといけぬ。別々に」

「はい」

金四郎は橋を渡り、一ツ目弁天の脇にある路地の入口前を過ぎた。路地に人通りはなかった。

しばらく先に行ってから、金四郎は引き返した。

再び、一ツ目弁天に近づいたとき、一ツ目橋のほうから総髪の気品のある三十代半ばぐらいの男が供の者といっしょに歩いて来るのに出会った。

金四郎は笠の内から男の顔を見た。女のように整った顔立ちだが、逆八の字の眉や高い鼻梁《びりょう》、真一文字に閉ざした口許にはひとを引きつける何かがあるように感じた。

すれ違ってしばらくして振り返ると、男は一ツ目弁天の脇にある路地に入って行った。

すぐに煙草売り姿の忠兵衛がやって来た。

「今のが大鳥玄蕃です」

「あの男、ひとの心にうまく入り込む天性の資質の持ち主かもしれぬ」

金四郎は一ツ目橋に向かいながら微《かす》かに胸騒ぎを覚えた。

橋を越えたところで忠兵衛に代わって駒之助が横に並んだ。

「大鳥玄蕃を見たか」

「見ました」

「どう見た？」

「あの男にはひとを引きつける不思議な力があるのではと……」

駒之助は金四郎と同じ感想を持ったようだ。

「そのとおりだ。ある意味、恐ろしい男と言わねばならない」

「はい」

「今後の展開にもよるが、場合によってはそなたに苦労をかけることになるかもしれぬ」

「畏《かしこ》まりました」

「怪しまれるといけぬ。先に行け」

「はっ」

駒之助は裾をつまんで走り出した。

金四郎は奉行所に帰るまで、大鳥玄蕃の顔が脳裏から離れなかった。

三

年が明け、天保十三年（一八四二）である。

正月朔日《さくじつ》の暁七つ（午前四時）に年賀の礼が執り行なわれた。

奉行所の一の間から三の間までの座敷を式場とし、熨斗目麻裃《のしめあさかみしも》姿の与力が両側に列し、金四郎も熨斗目麻裃で一の間中央に着座し、筆頭与力から口上にて年頭の挨拶を受けた。

奉行からは熨斗を贈り、それが与力全員に行き渡ってから退出し、与力も立退き、代わって同心一同が式場に入る。

続いて、囚獄《しゅうごく》、俗に言う牢屋奉行の石出帯刀《いしでたてわき》、町年寄などの挨拶を受ける。

このような儀式を終え、金四郎は登城した。

年頭の祝賀行事が十六日まで続く。この間、与力・同心を労《ねぎら》うなど、やることはたくさんあった。

十七日が御用始めで、いつもの日常がはじまった。

しかし、御用始めまで、犯罪が行なわれないわけではない。正月の十日、深川の仲町にある料理屋『吉乃家』の女中おきよが堀端で匕首《あいくち》で刺されて殺されていた。同心の飯野文太郎《いいのぶんたろう》から手札をもらっている安三《やすぞう》という岡っ引きが探索を続けているが、下手人の見当はついていないということだった。

その話を金四郎は下城して奉行の用部屋に入って報告を受けた。きょうから飯野文太郎が本格的に探索に加わるので進展はあるだろうと筆頭与力は付け加えた。

明日は内寄合がある。内寄合とは月に三度、六日、十八日、二十七日に南北の奉行が月番の奉行所で顔を合わせて打ち合わせを行なうのである。

去年の十二月二十八日、矢部に代わって鳥居耀蔵が南町奉行に就任し、甲斐守《かいのかみ》に叙任された。

翌十八日、金四郎は内寄合のために公用人や祐筆《ゆうひつ》などを伴い数寄屋橋御門《すきやばしごもん》内の南町奉行所を訪ねた。

今月の月番は南町なので、非番の北町の奉行が南町に赴くのである。金四郎の一行は表門を入ると、南町の当番方与力が並んで出迎える中を玄関に向かった。

鳥居耀蔵が南町奉行になってはじめての内寄合である。金四郎は複雑な思いで公用人が丁重に出迎える中、玄関に入った。

「どうぞ」

公用人のひとりが声をかける。

金四郎は式台に上がったが、ふと鋭い視線を感じてさりげなく目を移した。三十そこそことも四十を越しているとも見える大きな鼻の侍が金四郎と目が合うと会釈をした。肩幅が広く、足が短い。

ふと脳裏をある光景が過《よぎ》った。いつぞや忍びで外出した折り、柳原の土手で饅頭《まんじゆう》笠《がさ》の侍に襲われたことがあった。剣を肩に担ぐように構え、凄《すさ》まじい勢いで突進してきた。相手の剣が振り下ろされるや、金四郎は足を踏み込みながら抜刀して弾いた。敵は抜き身を下げたまま走り去って行った。

金四郎は饅頭笠の男の後ろ姿を見送った。肩幅が広く、足が短いという特徴ははっきり覚えていた。

そのときの侍と同一人物かどうかはわからない。ただ、その男だけは何人か並んでいる公用人の中でも異質な雰囲気を持っていた。

庭に面した部屋に通された。すでに、牢屋奉行の石出帯刀や町年寄たちが集まっており、一同平伏して金四郎を迎えた。

正面に金四郎が着座し、やがて鳥居甲斐守がやって来た。冷酷そうな目と鷲鼻《わしばな》の顔立ちはいかにも頭が切れそうな印象を与える。

耀蔵は、昌平坂学問所を大学頭《だいがくのかみ》として主宰する林述斎《はやしじゅつさい》の次男で、旗本の鳥居家に養子に入った男である。

耀蔵が金四郎と並んで座ると、座を取り仕切る月番の南町の公用人が、

「それではじめに、新しく南町奉行に就任いたしました鳥居甲斐守よりご挨拶を申し上げさせていただきます」

と、切りだした。

耀蔵は頷《うなず》いてから一同を眺め、おもむろに口を開いた。

「年頭の儀式にてすでにおのおの方とはお会いしているが、改めてこの場にて挨拶をしておく。このたび南町奉行を仰せつかった鳥居甲斐守でござる。ご老中水野越前守さまはここにおられる遠山左衛門尉《さえもんのじょう》と共にご改革に……」

金四郎は最後のほうは聞き流した。挨拶にかこつけて改革を断固としてやり抜く

ことを宣言し、手を貸すように要請しているに過ぎない。

町年寄などが突然の奉行の交代に戸惑いを覚えている雰囲気を感じ、耀蔵は威しをかけたのかもしれない。

「それでは、次に石出さまの申し立てでございます」

公用人の呼びかけで、石出帯刀が口を開いた。石出帯刀は代々世襲して牢屋奉行を務める。

「昨今、不景気のために仕事にあぶれた者が盗みをすることが多く、堅気《かたぎ》の者が犯罪に手を染めるようになって、いずれ大牢も収容出来なくなってまいりますというお話をさせていただきました」

石出帯刀は現状を説明し、

「今、改めてこの儀につき対策をおとり願わしく」

「そのことに関係して」

金四郎が口をはさむ。

「大牢にひとが増えたのは確かに盗みが増えたこともありましょうが、奢侈禁止令による違反者が多く入牢させられていることも一因かと存じます。高価な品物の売買をした者はひとに危害を加えたり、金品を奪うなどの犯罪とは異なるものであり、即座に入牢までさせずともよいように思いますが」

「いや、改革の覚悟を知らしめるためにもそれは捕縛せねばならぬ」

耀蔵は厳しく言い、

「大牢に収容出来ぬ囚人は無宿牢に入れることも考えられる」

「しかし、一般の囚人を無宿牢に入れるのはいかがでございましょうか。止むに止まれず罪を犯した者を無宿人の犯罪者の中に入れるのはあまりにも酷ではないかと」

石出帯刀が異を唱えた。

「いや。大牢の中には残酷な罪を犯した者もいよう。そういった囚人を無宿牢に移せばよい」

「それでもいずれ無宿牢もいっぱいになってきましょう」

「そうなったら、牢屋敷の庭に仮牢を作ることも考えよう。ともかく、この件は無宿人に対する対策とも関わっておる」

耀蔵は続けた。

「昨今、無宿人が増加し、浮浪の輩《やから》が増えてきた。佐渡金山も縮小し、石川島の人足寄場もいっぱいとなっている。この件につき、農村から江戸に出てくる者の制限や農村に帰すひと返しについて老中より町奉行にその方策を考えるように命じられている」

「ひと返しについては慎重に考えねばなりません」

金四郎が口を入れた。

「なにしろ、農村での暮らしと江戸での暮らしには大きな落差があります。食べ物だけでなく、娯楽にしても江戸のほうがはるかに楽しい。この暮らしやすさを知った者はおいそれと江戸を離れますまい。そういう者を強制して農村に帰そうとしてはかなりの反発を買いましょう」

金四郎は間を置いて、

「牢屋敷の件、寄場の件などは無宿人対策だけでなく、出稼ぎなどとも絡めて方策を練っていくべきかと存じます」

次に町年寄から意見が出された。

「過日、本繻子《ほんじゅす》の帯を締めていた娘が衆人環視の中で廻《まわ》り方同心に着物をはぎ取られました。ところが、別の日には華美な身形《みなり》の女子が同心に注意を受けただけで見逃されたとのこと。また、武家の娘には声をかけることもなく、見て見ぬ振りをしたそうです。このように、取締りに一貫性がありません。特に南北の廻り方には違いがございます。これにはしっかりとした基準を決めていただきたいと……」

確かに、北町と南町にて三廻りの奢侈の取締りには差があった。金四郎は衆人環視の中で着物をはぎ取るなどもっての外だと思っていて、北町ではそこまではやらせなかった。だが、南町では一部の同心が過激に走ってしまったようだ。

「もっともである。このことは遠山どのとしっかり話し合い、軌を一にしよう」

耀蔵が答えた。

「よろしくお願いいたします」

町年寄は頭を下げた。

その後の打ち合わせは特に大きな検討事項もなく、散会になった。が、耀蔵は金四郎を呼び止めた。

石出帯刀や町年寄が引き上げたあとの部屋で、

「町年寄どもはすぐにはわしを受け入れがたいようだ」

と、耀蔵は口許を歪《ゆが》めた。

「交代したばかりですぐには新しい奉行に馴染《なじ》めますまい。時の問題であり、お気になさることはないと存じます」

「そうよな」

耀蔵は頷き、

「ところで、矢部駿河守のことだが」

と、切りだした。

「評定所の吟味がはじまり、越前守さまより、矢部と筒井に対して封書による尋問が行なわれ、答弁書が返ってきた。しかし、内容が意味不明でもう一度答弁書を求めている。それはいい」

耀蔵は一拍の間を置き、

「矢部は各方面に無罪を主張する書状を送っている。それだけでなく、老中や役人などを批判し、同調者を集めようとしておる」

吐き捨てるように言う。

「それだけ、己に疚《やま》しいことはないという自負があるのではないでしょうか」

金四郎は矢部の肩を持って言う。

「ずうずうしいにもほどがある。五年前の不正事件を持ち出し、先の南町奉行筒井政憲を追い落とした事実は明らかだ。それでも自分が正しいと主張するのは見苦しい限りだ」

その矢部定謙を追い落として奉行になったのは誰だ、と金四郎は口にしたかったが抑えた。

確かに矢部は今回の御沙汰に対して怒りを抑えきれずに、方々に憤懣《ふんまん》をぶつけているようだ。このことで評定所の裁きに差し障りが出なければよいがと、金四郎は心配になった。

「ところで鳥居どの」

金四郎は思いついてきいた。

「玄関で出迎えてくれた内与力どのの中に、三十そこそことも四十を越していると も見える大きな鼻の侍がおられました。あの侍はどなたでしょうか」

「ひょっとして本庄茂平次《ほんじょうもへいじ》のことでござるかな」

「本庄茂平次?」

「もとは長崎の地侍だったが、目端がきき、わしが考えていることを素早く察し、すぐ手を打つ。その才を認めて家来にした」

「さようでございましたか」

「遠山どのは、なぜ本庄茂平次を気になさるのか」

「いえ。さしたるわけはございません。ただ、一際目を引く雰囲気がございましたので、印象に残りました」

「さようか」

耀蔵は冷たい笑みを浮かべた。

「では、そろそろ」

金四郎が腰を浮かしたとき、耀蔵が思いだしたように口を開いた。

「深川仲町の『吉乃家』のおきよという女中が殺された件であるが、北町の掛かりにて探索を進めているようだが、下手人の見当はついているのか」

「いえ、まだです。ただ、おきよが殺された直後、現場から逃げて行く男を見ていた者がおります。その男を追っているようでございます」

「そうか」

「何か」

金四郎は耀蔵の顔を見た。

一介の料理屋の女中が殺された事件になぜ関心を寄せるのか、金四郎は気になった。だが、耀蔵は金四郎の問いかけを拒むように立ち上がっていた。


夕方、金四郎の用部屋に駒之助が顔を出した。

「田沢さまがお見えです」

「よし、ここへ」

「はっ」

駒之助が立ち上がり、代わりに隠密同心の田沢忠兵衛がやって来た。

「お呼びでございましょうか」

「調べてもらいたいことがある」

「はっ、なんなりと」

「鳥居どのの家来で、本庄茂平次という男がいる。公用人として南町にいるが、この男についてなんでもいい、調べてもらいたい」

「本庄茂平次ですね」

「そうだ。先日、柳原の土手で饅頭笠の侍に襲われたことがあった。肩幅が広く、足が短いという特徴をはっきり覚えているが、本庄茂平次に似ていた」

「なんと」

「いや、似ていただけかもしれぬ。ただ、なかなか不敵な面構えであった。気になる」

「わかりました。南町の百瀬多一郎《ももせたいちろう》という同心にも確かめてみます」

「あの者であれば、わしが知りたがっていたと言えば話してくれるかもしれぬ」

南町の百瀬多一郎に金四郎は会ったことがある。

「他に何か」

忠兵衛は確かめる。

「いや、よい」

「大鳥玄蕃のことですが、まだ素姓が摑めませぬ。大塩平八郎との関連も見いだせませんでした」

「そうか」

「それから、元の料理屋の主人は数年前から行方知れずで、見つけ出すのは難しいようです」

「わかった」

「では」

「うむ」

忠兵衛が引き上げたあと、定町廻り同心の飯野文太郎が緊張した面持ちで年寄同心に連れられてやって来た。

「お奉行。飯野文太郎でございます」

「うむ、ごくろう」

金四郎は飯野文太郎に声をかける。文太郎は三十過ぎの細身の男だった。

「『吉乃家』の女中おきよ殺しだが、その後、手掛かりはどうだ？」

正月十日、深川の仲町にある料理屋『吉乃家』の女中おきよが堀端で匕首で刺されて殺されたのだ。

「申し訳ございません。現場から逃げて行く三十前後の遊び人ふうの男を見ていた者があり、眉毛が濃く、顎の尖《とが》った顔ということまでわかっているのですが、行方はわかりません」

「おきよの周辺にはそのような特徴の男はいないのか」

「はい。誰も知りませんでした」

「おきよに男は？」

「いたようですが、誰かわかっていません。そこで、下手人がおきよの男だったとも考えられます」

「別れ話のこじれか」

「はい」

ならば、なぜ、鳥居耀蔵が気にするのか。

「お奉行、この件に何かあるのでしょうか」

飯野文太郎に付き添ってきた年寄同心が不審そうにきいた。

「じつは、内寄合のあと、南町の鳥居どのがこの事件のことをきいてきた。なぜ、料理屋の女中が殺された件を気にするのか、ちと不審に思ってな」

あっと、飯野文太郎が短く声を上げた。

「どうした、文太郎」

年寄同心が文太郎にきいた。

「じつは、町中で南町の内与力本庄茂平次さまに呼び止められました。おきよ殺しの下手人の手掛かりは摑めたのかときかれました。本庄さまは何度か『吉乃家』に上がり、おきよの給仕を受けたことがあったと仰《おつしや》っていました」

「本庄茂平次が」

茂平次がそれだけのことで女中の死に関心を寄せるとは思えない。

やはり鳥居耀蔵はおきよ殺しに強い関心を寄せているようだと、金四郎はそのわけを測りかねた。

「おきよの男が別れ話に逆上して殺したということかもしれないが、念のために別におきよに男がいなかったか、確かめたほうがよい」

金四郎は文太郎に言った。

「それから、本庄茂平次がほんとうに『吉乃家』の客だったか調べるのだ」

「わかりました」

文太郎は低頭し、年寄同心と共に下がった。

夜になって、金四郎は私邸の居間に、駒之助を呼び寄せた。

「『吉乃家』の女中おきよ殺しに、鳥居耀蔵が関心を寄せている。家来の本庄茂平次を使って飯野文太郎から下手人のことを聞き出そうとした」

「奇異なことでございます」

駒之助は小首を傾《かし》げた。

「本庄茂平次が言うには、何度か『吉乃家』に上がり、おきよの給仕を受けたことがあったそうだ。だが、それだけでそこまで気になるとは思えぬ」

「はい」

「そのことより、気がもめるのは下手人の行方が摑めぬことだ。特徴はわかっているというのに。下手人を捕まえれば、誰かに頼まれたのかどうかもはっきりするんだが……」

「大鳥玄蕃の塾に逃げ込んだのではないでしょうか」

駒之助は声を落とし、

「私がもぐり込んでみましょうか」

と、口にした。

「いや、危険だ。それに、おきよ殺しの下手人が逃げ込んだという証《あかし》はない」

「いなければいないで、そのことがはっきりすればよいではありませんか。商家の主人を殺して逃亡した手代勘助があの塾に匿われているかもしれません、もうひとり博打で捕まって所払いになった千吉も塾にいるのではありませんか。このことも確かめることが出来ます」

「しばし、待て。もう少し、様子を見てからにしよう」

駒之助を危険な場所に行かせることに躊躇《ちゅうちょ》した。まだ、他に方策があるはずだと、金四郎は自分に言い聞かせた。

四

正月二十五日、親方から元手と天秤棒を借り、野菜を仕入れて、初次は町を流した。

夕方になって売れ残った野菜を持って、米沢町にある紙問屋『美濃屋』の裏口に行く。

「カブラに大根はいかに……」

振り売りの大きな声を出すと、裏口の戸が開いた。女中頭のおまさが顔を出し、

「初次さん、お入り」

と、声をかけた。

「へえ、毎度」

初次は天秤棒を担いだまま裏口を入り、広い庭を通って台所に行く。

「みんな置いておいき」

おまさが言う。

「まだ、こんなに残っているんだ」

籠の野菜を見せる。

「いいんだよ。旦那さまがそう言うんだから」

「いつもすまねえ」

初次は胸がいっぱいになる。

「さあ、こっちの籠に移しておくれ」

「わかった」

籠の野菜を移し、

「三百文です」

と、言う。

「ちょっと待ってね」

おまさは三百文を持ってきて、

「はい」

と、初次の手のひらに載せた。

「ありがてえ」

初次は押しいただく。

初次はそわそわした。おみつの姿がないのだ。おみつは十九歳で、丸顔の愛くるしい感じの娘だった。

きょうは奥のほうで何かしているのだろう。ため息をついたのが、おまさに聞こえたようだった。

「あれ、おみつに会いたいのかえ」

「いえ、そうじゃねえ」

初次はあわてて言い、

「しばらく旦那さまにお目にかかっていねえが、よろしくお伝えくださいまし」

と、頭を下げて引き上げようとした。

「初次さん、また待っているわ」

別の女中が声をかけた。

「今度は夕方の忙しいときではなく、もっと早い時間においでなさいな。そしたら、こっちも話し相手になれるから」

「へえ、そうさせていただきます」

初次は空になった籠を下げた天秤棒を担いで『美濃屋』を出た。おみつに会えなかったのは残念だが、また明日がある。

両国橋を渡る。夕方になって橋を行き交うひとも忙しそうだった。

亀沢町の親方のところに行き、朝借りた金と天秤棒を返し、天神橋の手前にある柳島町のマタタビ長屋に帰った。

腰高障子を開けると、松助が上がり口に腰を下ろし、煙草を吸って待っていた。

「帰ってきたか」

煙草盆の灰吹《はいふき》に煙管《キセル》の雁首《がんくび》を叩いて、松助は立ち上がった。

「じつは玄蕃さまが今夜酒宴を開くから初次を呼んで来いと言われたんだ」

大鳥玄蕃の家に行くのはだいたい三日に一度だ。きのう行ったばかりだったから、今夜は予定していなかった。

「酒宴だなんて珍しいじゃねえか」

「じつは玄蕃さまのおかみさんがお酒と肴《さかな》を差し入れてくれたそうだ」

「玄蕃さまにおかみさんがいるのか」

「そうだ。今はわけあって別に住んでいるそうだが、たまにあの家にやってくるらしい」

「じゃあ、お会い出来るのか」

初次は興味を持ってきいた。

「ところがもう引き上げてしまったそうだ。俺がさっき行ったら、もういなかった」

「そうか。残念だった」

「そういうわけだ。行こう」

「わかった」

初次は玄蕃の話を聞くと、元気が出てくる。玄蕃と出会ってから、初次は前向きな気持ちになった。

それまでは、その日暮らしで、その日一日を無事に過ごせればいいという考えだったが、今は違う。

棒手振りをしながら少しずつでも金を貯め、小さくても店を持ちたいと思うようになった。おみつを嫁にして八百屋をやる。そんな夢を描くようになった。

松助といっしょに長屋を出た。

「おめえ、最近、いやに明るくなったな」

松助がつくづく言う。

「玄蕃さまから元気をもらっているんだ。あのお方の話を聞いていると、なんでも出来そうな気がしてくる」

「そうか。そいつはよかった。玄蕃さまのところに引っ張って行った甲斐があったぜ」

「ああ、そうだ。松助に連れて行ってもらわなければ憂鬱な日々を送っていたかもしれない」

やがて、一ツ目橋を渡って一ツ目弁天の前を過ぎる。路地の入口にそば屋の屋台が出ている。

松助が屋台の亭主に声をかけ、初次も倣う。

亭主は鋭い目つきの無愛想な男だ。ときどき、別の仲間が屋台の客の振りをして、入口を警戒していることもあった。

役人に追われた無宿人などを匿っているので、その警戒だと松助は初次に話している。

路地を奥に進み、大鳥玄蕃の家に辿《たど》り着く。

広い土間にはかなりの数の履物が並んでいた。

「もうだいぶ集まっているようだ」

松助が言う。

初次はこれまで玄蕃と会うだけで、他の者と交わることはなかった。部屋に上がると、広間に十人ほどのひとが集まっていて、すでに酒宴がはじまっているようだった。遊び人ふうの男や浪人もひとりいる。女中らしい女が三人いて、酒や肴を運んでいる。

初次は床の間の前にいる大鳥玄蕃の前に行く。

「先生、お招きに与《あずか》りました」

初次が挨拶をする。

「よくいらっしゃいました。皆さんにお引き合わせいたしましょう」

玄蕃は言い、

「皆さん」

と、一同に向かって呼びかけた。

「先月から我らの仲間に入った初次さんです。よろしく」

「初次です」

初次は立ち上がって頭を下げた。

「よく来た。ここが空いている」

四十年配の男が初次を呼び寄せた。松助に促され、初次はその男のそばに行った。

鰓《えら》の張った四角い顔だ。

「まあ、呑め」

男は湯呑みを初次に持たせ、徳利《とっくり》を摑んで酒を注いだ。

「いただきます」

初次は酒を口に含んだ。

「これは」

初次ははっとした。

「うまいだろう。下り酒だ。さあ、呑め」

「へい」

初次はいっきに呷《あお》って、今度は自分で酒を注いだ。

「いい呑みっぷりだ」

男はにこやかに言う。

「初次か。俺は茂助《もすけ》だ」

「茂助さんですか。どうして、こんな上物がここにあるんですかえ」

「玄蕃さまのおかみさんがこっそり運んでくれたんだ。役人に知れたらお縄になってしまうかもしれねえ。食い物だって見な」

茂助が目の前の料理を指さした。初次には縁のない鯛《たい》があった。

「玄蕃さまのおかみさんってどんなお方なんですか」

「詳しいことは知らねえ。だが、玄蕃さまはもともとお金持ちの倅らしい。俺たちとは身分が違うんだ」

そう言い、茂助は鯛に箸をつけた。

「うめえ。おめえも食べてみろ」

「へい」

初次は隅のほうで静かに呑んでいる自分と同じような年格好の男に気がついた。暗い雰囲気だ。

「茂助さん」

初次は声をかけてきいた。

「あそこの若い男、誰なんですね」

「あれは千吉って男だ。腕のいい錺職人だったが、手慰みで捕まって、江戸所払いになったが、ひそかに戻ってきてここで暮らしている」

「所払いですか」

「それだけじゃねえ。その横にいる男」

初次はそのほうに目をやる。

「あの男は勘助って男だ。勘助も芝神明町の商家で手代をしていたが、主人を殺してここに逃げ込んだんだ」

「ひと殺しを匿っているのですか」

驚いてきき返す。

「勘助はお店《たな》のために真面目にこつこつ働いてきたんだ。ところが、奢侈禁止令が出され、お店はいっきに不景気になった。それだけじゃねえ。米の値段も高くなって、奉公人を食わせていくのもたいへんになった。そんな中でまっさきに勘助がやめさせられたそうだ。そのことで主人と口論になって、ついかっとなって包丁で刺してしまったんだ」

「………」

「玄蕃さまは、自分の享楽のために盗みをしたり、殺しをしたりする輩は許さないが、止むに止まれず罪を犯した者には手を差し伸べてやるという度量の大きさがある。ここに集まってきているのは下層の連中ばかりだ」

「玄蕃さまの目は慈愛に満ちていなさるものな」

初次は玄蕃のほうに目をやった。玄蕃のそばに遊び人ふうの男がいた。眉毛が濃く、顎の尖った顔には凄味《すごみ》がある。三十ぐらいだろうか。

「あのひとは？」

初次はきいた。

茂助は微かに眉を寄せた。

「冬二《ふゆじ》って男だ」

「冬二……」

「茂助さんは、あの男を好かないのか」

初次は驚いてきく。

「気味が悪い」

「気味が？」

「なんだか荒《すさ》んだ感じがしてな」

松助が玄蕃に呼ばれ、それからこっちにやって来た。

「初次、玄蕃さまがお呼びだ」

松助が声をかけた。

「わかった。行ってきます」

初次は茂助の前から離れ、床の間の前にいる大鳥玄蕃のところに向かった。横で冬二がこっちを見ている。

「お呼びでしょうか」

初次は玄蕃の前で控えた。

「初次さん、このひとは冬二さんです。ここを開設した当初からの仲間です」

「初次です。よろしくお願いします」

「冬二だ。おめえさんとは今後いっしょに……。おっといけねえ、まあ、よろしく頼むぜ」

冬二は目の奥が暗い。細い体から何か不快なものが発散しているような錯覚がした。茂助が気味が悪いと言った意味がわかるような気がした。

「おめえ、棒手振りをしているそうだな」

「へい、青物を扱ってます」

「おめえの長屋はどこだ？」

「柳島町のマタタビ長屋です。猫がよく集まってくるので、猫の好物のマタタビに引っかけてそう呼ばれています」

「マタタビ長屋か」

「へい」

「今度、寄らせてもらうぜ」

「どうぞ」

そう答えるしかなかった。

「初次さん。このひとに恐《こわ》い印象をお持ちでしょうが、根はとてもいいひとです。初次さんにとってもとてもいい相棒になりましょう」

相棒という言い方に引っかかったが、玄蕃の穏やかな声に、初次もだんだん冬二に対する最初の印象が変わってきた。

「はい、よろしくお願いいたします」

それから、初次は他の者たちとも交じり、かなり酒を呑んで、柳島町の長屋に帰ってきたのは木戸が閉まる寸前だった。

部屋に入り、ふとんを敷き終えてそのまま倒れ込むように寝入ってしまった。

翌朝、朝陽が射し込めて目を覚ました。外が騒がしいのは住人が仕事に出かけるところだったからだ。

初次はあわてて飛び起きた。ずきんと頭痛がした。二日酔いだ。上等な酒だったのと、周囲に勧められてつい度が過ぎてしまった。

厠《かわや》に行ってから、飯も食わず長屋を飛び出した。いつもは夜明けとともに出かけるのだが、今は六つ半（午前七時）を過ぎていた。

亀沢町の親方のところに行き、少し元手があったので天秤棒だけを借り、市場に行って野菜を仕入れた。

最初は頭がすっきりせず、腰もふらついていたが、昼近くになって酒もようやく抜けてきた。

きょうは深川に向かい、佐賀町から仲町のほうに向かう。

一の鳥居をくぐってしばらく行くと、饅頭笠の侍に呼び止められた。足の短い侍だ。さっきから通りがかりの者に声をかけていたようだ。

「へい、何か」

初次は天秤棒を肩から下ろしてきいた。

「ちょっと訊《たず》ねる。おまえはこの界隈《かいわい》をいつも流しているのか」

「へえ、一日置きにこの界隈をまわっています」

「そうか。眉毛の濃い、顎の尖った遊び人ふうの男を見かけたことはないか」

「………」

一瞬、脳裏を冬二の顔が掠《かす》めた。だが、すぐ頭から振り払った。

「さあ」

心ノ臓の鼓動が速まったのを気づかれないように、

「その男がどうかしたのですか」

「いや、心当たりがなければよい」

そう言い、侍は離れて行った。

天秤棒を担いだが、今の声が耳から離れず、振り売りの声を出すのを忘れていた。

五

その日の朝、登城前に金四郎は駒之助からその一報を聞いた。

昨夜、馬喰町《ばくろちょう》の呉服問屋『結城屋』に押込みが入り、主人夫婦と番頭、それに手代の四人が殺され、千両箱ふたつが盗まれたというものだった。

「物陰に隠れて難を逃れた女中の証言では、押し込んだのは黒装束に身を包んだ十人ほどの一団です。まず、手代と番頭を斬ったあと、主人に土蔵の鍵を出させ、それから主人夫婦を斬ったようです」

「むごい」

四人が殺されたことに、金四郎は怒りを禁じ得なかった。

「女中や他の奉公人も恐怖から動けず、自身番に届けたのは賊が退散して半刻（一時間）後のことでした」

「無理もない」

「主人夫婦が殺された部屋の襖に『断罪』と書かれた貼り紙があったそうにございます」

「『断罪』？」

金四郎は眉根を寄せた。

「かねてから『結城屋』は武家に奢侈な着物をこっそり取引していると噂《うわさ》されていたそうです」

駒之助は声をひそめ、

「それだけでなく、住いのほうは総檜《ひのき》造りで、大きな庭石があり、池には鯉がたくさん泳いでいたそうです」

「裏ではそのような豪勢な暮らしをしているのか」

「賊は改革に背いて陰で贅沢をしていることが赦《ゆる》せなかったのではないかというのが火盗改《かとうあらため》の与力どののお考えのようです」

「火盗改が乗り出したか」

「はい」

火盗改は放火、盗賊、賭博の取締りや犯人の捕縛、そして取り調べまでやる。あくまでも凶悪犯を捕まえることが目的であり、怪しいと見ればどしどし召し捕り、拷問にかけてでも自白させて事件を解決していく。

そういう強引なやり方で、仮に押込みの賊を捕まえたとしても、その背後にあるものが何か摑めるかどうか。

金四郎はなんとなく不安を覚えた。

「北町では誰が？」

「はい、定町廻りの梅本喜三郎《うめもときさぶろう》どのでございます」

「そうか。この件、梅本喜三郎にさらに探索を続けるように伝えよ」

「はっ」

駒之助は請け合ったあと、

「お奉行はこの押込みに何か裏があると？」

と、確かめるようにきいた。

「いや」

金四郎は首を横に振り、

「ご改革への批判なのかもしれぬと思ったのだ」

「批判と仰いますと？」

「こういうことが……」

金四郎は自分の考えを口にしようとしたが、証がないことなのであとの言葉を呑んだ。

「お奉行、ひょっとして特定の者たちだけが許されていると？」

「そうだ。奢侈禁止令によって贅沢が禁止されているが、ある者たちだけが陰で贅沢をしているのではないかという疑いが生じた」

　さすが、駒之助だ。金四郎が考えていることを言い当てた。特定の者たちとは水野忠邦、鳥居耀蔵に近い商人だ。

「ただ、仮にそうだったとしても、賊はどうしてそのことを知ったのか。世間の噂に乗ってのことか」

「そうですね」

「賊が押込みをする大義名分に利用しているのかもしれぬ。ともかく、『結城屋』が越前守さま、あるいは鳥居どのと繋《つな》がりがないか、忠兵衛に探らせよう」

「わかりました。さっそく呼んでまいりましょう」

「そなたから伝えてもらえばよい」

「はっ」

「いずれにしろ、鳥居どのが黙っているはずはない。南北で共に探索をするようになるだろう」

　金四郎はふと耀蔵が『吉乃家』の女中が殺された件を気にしていたことを思いだした。

今月、北町は月番ではないが、先月から引き続いている事件の処理があり、きのう老中に提出した重追放の判決を下す書類が将軍の決裁を経て戻ってくるかもしれず、金四郎は登城した。

金四郎は千鳥破風の屋根の大玄関を入り、老中と若年寄の部屋と廊下を隔ててある中之間に入った。

すでに、南町奉行の鳥居甲斐守耀蔵が端然と座っていた。金四郎はあえて耀蔵の近くに腰を下ろした。

案の定、耀蔵から声をかけてきた。

「遠山どの」

「何か」

金四郎は顔を向けた。

耀蔵は膝を進め、

「すでにお耳に入っていると思うが、昨夜、馬喰町の呉服問屋『結城屋』に押込みが入った」

「まことに残忍な賊でございます」

「うむ。して、『断罪』と書かれた貼り紙があったそうだが」

「はい。さようでござる」

「『断罪』とは何を意味していると思われるか」

　耀蔵が金四郎の顔を見つめた。

「されば、この時期に『断罪』とは、改革に背いて贅沢をしていたことを指しているのではないでしょうか」

「『結城屋』は陰で贅沢をしていたというのか」

　耀蔵の目が鈍く光った。

「はい。屋内に入った同心の話では高価な調度品だけでなく、掛け軸や大きな庭石など、目を瞠《みは》ったそうです。ただ、贅沢をしていようがいまいが、賊には関係なかったのかもしれません。狙いはどこでもよく、押し込んだ先に『断罪』の貼り紙を残しておけば、押込みに大義名分があると思わせることが出来る。それを狙ったとも考えられます」

「なるほど」

耀蔵は頷いたが、深刻な顔つきは変わらなかった。

しばらくして、耀蔵は水野忠邦に呼ばれて老中の用部屋に立った。

改めて、耀蔵が『吉乃家』の女中が殺された件を気にしていたことを思いだした。『結城屋』の件と『吉乃家』の女中の件は何か共通するものがあるのだろうか。

その後、将軍の決裁を受けた書類が金四郎のもとに戻ってきた。

金四郎はその書類を持って北町奉行所に戻った。重追放は追放の中でも一番重い刑である。

金四郎がその刑を執行したのは翌日だった。重追放の刑を受けたのは商家の主人の妻女と密通した小間物屋の弥助《やすけ》という男だった。


その日の夜、金四郎は編笠をかぶって着流しで忍びの外出をした。なぜか、気になったのだ。重追放の刑の執行をした弥助のことだ。

まさかとは思うが、金四郎は駒之助と共に一ツ目弁天の近くまでやって来た。

もし、弥助が江戸に戻ってくるとしたら、夜になってからであろうと見当をつけてのことだった。

大鳥玄蕃の家に向かう路地の近くにはきょうも夜鷹そばの屋台が出ている。不審な人物を見張っているのだ。

「ほんとうに来るかどうかわからぬ。念のため、五つ半（午後九時）まで待ってみよう」

金四郎は言った。今は五つ（午後八時）である。

「わかりました」

駒之助は一ツ目橋を渡って、一ツ目弁天の境内の植込みに隠れた。金四郎は一ツ目橋を見通せる暗がりに立った。

職人体の男がふたり、橋を渡って行く。しばらくして、中間ふうの男が橋を渡り、屋台のそば屋に入った。

中間ふうの男はそばを食い終えて、引き返してきた。

何人か橋を行き交ったが、弥助とおぼしき男は現れなかった。あれから半刻ほど経ち、諦めて引き上げようと思ったとき、ふたり連れの男が竪川《たてかわ》沿いを歩いてきた。ひとりは四十ぐらいの男で、もうひとりは菅笠をかぶり、股引き・脚絆《きゃはん》に草鞋《わらじ》履き。旅装の男は弥助に似ていた。

笠の内の顔は暗くてわからないが、お白洲で何度か会っており、背格好や歩き方は弥助のものだった。

ふたりは一ツ目橋を渡った。金四郎は暗がりを出て橋を渡る。ふたりは一ツ目弁天の前を通り、路地を曲がった。屋台の亭主は黙って見送っている。

金四郎はそのまま行き過ぎた。しばらく行って立ち止まっていると、駒之助が小走りにやって来た。

「弥助に相違ありません」

駒之助は少し興奮していた。

「まさか、刑の執行の夜に大鳥玄蕃のところに行くなんて」

「もうひとりの男の顔を見たか」

「はい。四十ぐらいで、鰓の張った四角い顔をしていました」

駒之助は気負って、

「弥助が匿われているのは間違いありません。踏み込んで、勘助と千吉、それに女中殺しの下手人を……」

「待て」

金四郎は逸《はや》る駒之助を制し、

「なぜ、大鳥玄蕃はあのような連中を匿うのか、何か狙いがあるように思えてならぬ。今踏み込んでもその狙いは摑めぬ」

「はあ」

「ともかく引き上げよう」

「はい」

金四郎と駒之助は永代橋を渡り、ようやく役宅に戻った。


その夜、金四郎は寝つけぬまま、大鳥玄蕃の狙いを考えた。

大塩平八郎のように一揆を起こすつもりで仲間を集めているのか。忠兵衛の調べでは大塩平八郎との繫がりは見つからなかったようだが……。

それより、弥助はどうして大鳥玄蕃のことを知っていたのか。千吉もそうだ。最初から玄蕃を知っていたわけではあるまい。

誰かから聞いたのだ。小伝馬町《こでんまちょう》の牢屋敷であろう。囚人の誰かから聞いたのではないか。追放の刑を受ける囚人に耳打ちする男がいるのではないか。江戸にいたければ、誰々を訪ねろと。

訪ねる相手が四十ぐらいの四角い顔の男だ。その男が大鳥玄蕃の家に連れて行くのだ。

これらを解明し、大鳥玄蕃の企みを探るためにも駒之助にやってもらうしかない。

そう腹に決めてから、金四郎はようやく眠りに就いた。

翌日の夜、金四郎は私邸の居間に駒之助と忠兵衛を呼んだ。

「重追放の弥助が大鳥玄蕃のところに行ったのは牢屋敷内で、囚人の誰かから教えられたからだ。おそらく、江戸にいたければ、誰それを訪ねろと耳打ちする者がいるのだ」

「その者は大鳥玄蕃の仲間でしょうか」

忠兵衛がきいた。

「いや、その者は大鳥玄蕃の名も知らないはずだ。耳打ちするのは四十年配の男の名と住いだ」

金四郎はふたりの顔を交互に見て、

「おそらく囚人は長くいる男だ。報酬は差し入れでもらっているとも考えられる」

「では、弥助が牢を出たあとに差し入れのあった囚人を見つけだせば……」

「いや、見つけだせたとしても、ほんとうのことを言うかわからない。とぼけられるかもしれない」

「……」

「それより、大鳥玄蕃が何を考えているのか、何をしようとしているのかが問題だ。そのことを探ることが重要だ。そのためには……」

金四郎は言いよどんだ。

だが、駒之助は金四郎の思いを察して口を開いた。

「私にやらせてください」

金四郎は駒之助の顔を見て、

「やってくれるか。このとおりだ」

と、詫びるような思いで頭を下げた。

「待ってください」

忠兵衛が口をはさんだ。

「何をやるというんですか」

忠兵衛はきいたあとではっとして、

「まさか、大鳥玄蕃の住いに潜入を……」

「そうだ。駒之助に賭博の罪で牢屋敷に入ってもらう。それから、弥助のような手順で大鳥玄蕃のところに行くのだ」

「危険です」

忠兵衛は反対した。

「危険は覚悟の上です。それにこれがあれば、見抜かれません」

そう言い、駒之助は左の袖をまくった。二の腕に桜の花びらの彫り物が見えた。若いころ、遊び半分で入れたもので、武士になったあと、常に気にし、袖を下げて隠していた。

今、それを自ら見せた。

「忠兵衛。駒之助を外から守るのだ」

金四郎は忠兵衛に頼んだ。

「畏まりました」

忠兵衛は悲壮な覚悟で言う。

「このことは他言してはならぬ。だが、どうしても定町廻りの手助けが必要だ。梅本喜三郎に手伝わせよう」

梅本喜三郎は二件の冤罪《えんざい》事件に関わって、お役御免になるところを金四郎が助けてやったことがある。

「梅本どのなら大丈夫でございます」

駒之助は喜三郎に信頼を寄せていた。

「よし。この件は我ら三人と梅本喜三郎だけで行なう」

金四郎は思わず力んでいた。


翌日の昼下がり、金四郎は編笠をかぶり、着流しで奉行所を忍び出た。日本橋川の南の川沿いを行き、江戸橋を渡って葭町《よしちょう》から芝居町に向かった。

堺町に中村座、葺屋町《ふきやちょう》に市村座があり、木挽町《こびきちょう》の森田座を加えた江戸三座も、ついに所替えが決まってしまったのだ。

去年の十二月十九日、金四郎は三座の座元、役者座頭、料理屋惣代などを呼び寄せ、芝居所替えを申し渡した。

所替えを阻止出来なかったことを詫びたが、一時は芝居町の取り潰しが取り沙汰されただけに、座元たちはかえって金四郎の功を讃えてくれた。

そして、年が明けて十二日に、浅草山之宿町の小出伊勢守《こいでいせのかみ》の下屋敷、一万七十八坪を替え地とすることを申し渡したのだ。また、御手当金として五千五百両が下されることになっていた。

そのときのことを思いだしながら、金四郎は人形町通りにある格子造りの小体《こてい》な家の戸を開けた。

「ごめん」

金四郎が声をかけると、由蔵《よしぞう》が出てきた。由蔵は芝居の帳元である。二十九歳と若いが、中年の雰囲気を漂わせるずんぐりむっくりした体つきの男だ。見た目は四十ぐらいに見えるので、周囲からは信頼されているようだ。

帳元は金主から金を出させ、芝居を打つ。芝居に関しての金銭の出納を一手に引き受けるので、金主や座元、役者などにも顔がきく。

「遠山さま。どうぞ」

「うむ」

腰から刀を外して、金四郎は部屋に上がった。

坪庭に面した部屋にすでに駒之助、忠兵衛、そして同心の梅本喜三郎が来ていた。

「では、あっしはちょっと出かけてきますので」

由蔵が声をかける。

「由蔵さん、すまない」

駒之助が頭を下げる。

「いいってことよ」

由蔵は快活に応じる。駒之助と由蔵は子どもの頃から兄弟のように育ってきた仲だ。

由蔵が出て行ってから、金四郎は梅本喜三郎に声をかけた。

「秘密を要することなので、ここに来てもらった」

「はっ」

喜三郎は低頭する。

「そなたは今、『結城屋』の押込みの探索をしているのであったな」

「はい。火盗改が仕切っており、探索もなかなか困難を極めています」

喜三郎は小さくなって答える。

「賊の探索は火盗改に任せ、そなたは『結城屋』の背後にどんな人物がいるのかを調べるのだ」

「畏まりました」

「それから、そなたに頼みがある」

金四郎は梅本喜三郎の顔を見つめ、

「そなたの手でひとりの男を牢屋敷に送り込んでもらいたい」

「誰をでしょうか」

「ここにいる駒之助だ」

「えっ？」

喜三郎は弾けたように体を反らした。

「驚くのも無理はない。わけはこうだ」

金四郎は事情を話した。

「大鳥玄蕃ですか」

「そうだ。追放の刑を受けた者や無宿人など世の中から落ちこぼれた者を抱え込んでいる。その狙いが気になるのだ。ただし、今はまだ大鳥玄蕃に近づかぬ。我らがすることは駒之助を追放の刑にする罪を作って牢屋敷から大鳥玄蕃の住いに入り込めるようにすることだ」

「わかりました。やってみます」

「この件を知っているのは我ら四人だけだ。よいな」

「はっ」

「駒之助。では、頼んだぞ」

「お任せください」

駒之助は緊張した面持ちで答えた。

これは賭けだ。金四郎は不安を振り払うように大きく息を吐いた。

第二章　潜入

一

　二月に入った。遊び人の駒吉《こまきち》に身を変えた駒之助《こまのすけ》は定町廻《まわ》り同心の梅本喜三郎《うめもときさぶろう》に連れられて南茅場町《みなみかやばちょう》の大番屋から小伝馬町《こでんまちょう》の牢屋敷に向かった。後ろ手に縛られ、縄尻を小者にとられているせいか、無精髭《ぶしょうひげ》を生やし、伸びた月代《さかやき》に無頼の雰囲気があふれていた。まくれた袖から二の腕の桜の彫り物が覗《のぞ》いている。

　罪状は梅本喜三郎が考えてくれた。やはり、重追放のほうが印象が強いということで、人妻との密通を考えたが、これには相手が必要になるので博打《ばくち》ということにした。

　牢屋敷に入り、駒之助は牢屋敷内の火之番所の前に連れて行かれ、砂利の上に座らされた。

梅本喜三郎が入牢証文を牢屋同心の鍵役同心に渡す。鍵役同心は証文の文面にさっと目を通し、駒之助に向かって問い掛ける。

「そのほうは遠山《とおやまさ》左衛門尉《えもんのじょう》どのの懸かりであるな。名は？」

「駒吉です」

「出所はいずこ？」

「神田岩本町友右衛門店《ともえもんだな》です」

「歳《とし》は？」

「二十七歳で」

「よし。間違いなく受け取りました」

鍵役同心は梅本喜三郎に言う。

「では、よろしく」

喜三郎は応じ、駒之助を振り返り、

「いいか、牢内で自分を見つめなおせ」

と、声をかけた。

「へい」

目と目を合わせ、お互いに目配せをした。

喜三郎と小者が引き上げて行くのを、駒之助は見送った。

入牢は日暮になって行なわれる。それまで、牢庭に繋《つな》がれた。

一刻（二時間）後、小伝馬町の牢屋敷の庭にようやく夕闇が訪れようとしていた。

さっきの鍵役同心がやって来て、駒之助を引き立てた。

いよいよ入牢だ。

「よし。入れろ」

鍵役同心は駒之助を牢舎の外鞘《そとさや》に入れた。

数人の同心たちがいる前で、鍵役同心が駒之助に向かい、

「御牢内、御法度の品、これあり。まず、金銀、刃物……」

駒之助は俯《うつむ》いて聞いた。

鍵役同心は張番《はりばん》の男に、駒之助の持ち物を調べさせた。

まず縄を解き、丸裸にさせられた。そして、着物、褌《ふんどし》、帯、藁草履などを調べる。

髷《まげ》まで調べなかったのは、金銭の持ち込みを見て見ぬ振りしているためのようだった。

駒之助は褌だけまとい、着物を抱えた。

「大牢」

鍵役が呼んだ。

「へい」

と、大牢から返事があった。

「牢入りがある。遠山左衛門尉どのの懸かり、神田岩本町友右衛門店の駒吉。二十七歳。賭博の罪だ」

「おありがとうございます」

牢名主が答える。

駒之助は大牢の入口、留口が開くのを待った。太い格子戸の中に、くすんだ顔つきの男たちがうじゃうじゃいる。

戸が開いた。

「サア、コイ。サア、コイ」

無気味な掛け声でキメ板を持った囚人たちが待ち構えていた。

「さあ、入れ」

鍵役に後ろから追い立てられ、駒之助は牢内に転げ込んだ。

駒之助は手を引っ張られて起き上がった。とたんに、

「尻を出せ」

板を持った男が命令するように言う。尻に激しい痛みが走った。駒之助は思わず唸《うな》った。

正面に並んでいる牢内役人の真ん中で、十枚積んだ畳の上に座っているのが牢名主だ。その両脇に添役《そえやく》、角役《すみやく》、二番役などと呼ばれる牢内役人が並んでいる。格によって積んだ畳の枚数が違う。

牢内役人たちに向かって、大勢の平の囚人が狭い一つところに無言で整然と座っている。

「おそれいります。これを」

駒之助は髷に隠した蔓《つる》を取り出し、牢名主のほうに掲げた。

ひとりが近づいてきて銭を掴《つか》んだ。それを牢名主に見せる。牢名主は髭もじゃの目の大きな男だ。

「新入り」

牢名主が声をかけた。

「へい」

「よく顔を見せろ」

駒之助は顔を上げた。

「博打だそうだな。そんな苦み走った顔をしていたら女が放っておくまい。もっとましなことをしてこい、この大まごつきめ」

「へえ、面目ねえ」

「もういい」

牢名主が興味なさそうに言う。

「へい」

蔓がきいたようだった。

翌朝、拍子木の音で目が覚めた。朝の六つ（午前六時）に拍子木が鳴るらしい。

体が痛かった。手足を縮め、他の囚人と体をくっつけて眠った。寝返りも、手足を伸ばすことも出来なかった。

朝飯の前に、きょう吟味のために奉行所に連れて行かれる囚人の呼び出しがあった。朝飯のあと、奉行所に向かうのだ。

朝五つ（午前八時）に朝飯が出た。椀に盛られた飯だ。物相飯《もっそうめし》である。味噌汁《みそしる》と糠漬《ぬかづ》けの大根がついた。

物相飯を一口ほおばったとき、吐き気を催したが、我慢して食べていくにつれ、臭いも気にならなくなった。

朝飯のあと、きょうの吟味に出向く囚人が七人も牢内から出て行ったあとも人数が減ったという実感はなかった。

陽の射さない薄暗い牢内で過ごす一日は長く、何をすることもなくただじっとしているだけだった。

駒之助のような平囚人は向こう通りと呼ばれる狭い場所にひしめき合っていた。

昼下がり、平囚人の四十ぐらいの男がにじり寄るように近づいてきた。駒之助は期待した。

「眠れたか」

「いえ」

「そうだろう。こうひとが多くちゃ、俺たち平の囚人は眠れたもんじゃねえ。ここは地獄だぜ。これ以上増えたら、またホトケが出る」

男が眉根を寄せて言う。

「ホトケ？」

「作造《さくづく》りだ」

「作造り？」

「ひと減らしだ」

牢内にひとが増えてくると、場所を空けるために闇の中でひと殺しが行なわれるのだ。

「誰が目をつけられるか。おちおち眠っていられねえ」

男は聞き取りにくい小さな声で言い、そっと離れて行った。

あの男が大鳥玄蕃《おおとりげんば》とのつなぎ役ではないのか。最初は様子を探るだけだったのではないか。そう思おうとした。

夕方七つ（午後四時）に夕食が出る。朝と同じようなものだ。

暮六つ（午後六時）に、平当番と張番らが提灯《ちょうちん》を持ち、拍子木を打って牢内の夜廻りにやってくる。

もう牢内は真っ暗で、真の闇だ。

きょうは近づいてくる者はひとりだけだった。様子見だったのかどうか。

また就寝の時間がやって来た。他人と体をくっつけて、身動き出来ない状態ではなかなか寝つけない。寝入っても体の痛みですぐ目が覚める。手足を伸ばすことが出来ないことがこんなに苦しいものかと駒之助は思った。

何度か眠ったり起きたりを繰り返したとき、何か鈍い音がした。だが、静かだ。寝息さえ聞こえない。

平四人は寝ていない。起きていて息を凝らしているのだ。その後、暗闇の中で何やら動く気配がした。一瞬だけうめき声のようなものが聞こえた。

そのとき、作造りのことを思いだした。駒之助が起き上がろうとしたとき、そばにくっついていた年寄が駒之助の体を押さえた。

「よせ」

駒之助はため息をついた。

いつの間にか寝入った。拍子木の音で目を覚ました。明け六つの見廻りだった。

あちこちで起き出す気配がした。

鞘のほうからの明かりで、牢内も闇から解放された。板の間に伸びたように寝ている三人の囚人がいた。

そのとき、大きな声がした。

「お役人さま。変死者が出ました」

牢内役人のひとりが格子から当番の同心に声をかけた。

「なに、変死者？」

「三人でございます」

やがて、牢屋医師が牢内に入ってきて検死をした。

「病死だ」

形だけで、牢屋医師は言う。

牢内役人のひとりが牢屋医師に紙をひねったものを渡した。金に違いない。

「作造りだ」

横にいた年寄の囚人が囁《ささや》いた。きのう体を押さえつけてきた年寄だ。

「おめえ、博打だってな」

「へえ。とっつあんは？」

「俺は喧嘩《けんか》相手に大怪我《おおけが》を負わせた」

年寄は自嘲ぎみに笑った。

「おめえは博打だから、すぐ出られるだろう」

「でも、江戸所払いになるかもしれねえ」

「江戸にいたいのか」

「そりゃそうだ」

「だったら」

年寄は顔を近づけた。この男かと、駒之助は心が騒いだ。

「だったら、なんだ？」

「武家屋敷の中間《ちゆうげん》部屋にもぐり込めばいい。あそこなら役人も踏み込めねえ」

「中間部屋？」

「そうよ」

「でも、外に出たところを捕まってしまうんじゃねえのか」

駒之助は落胆して言う。

「江戸にいたいなら、それしかねえ」

「そうだな」

牢屋同心の平当番がやって来て、

「大牢」

と、呼びかけた。

「へい」

牢名主が答える。

「神田岩本町友右衛門店駒吉……」

駒之助が呼ばれた。

「もうおめえが呼ばれるのか。やけに早いな」

吟味のための呼び出しは牢屋同心には前日のうちに知らせがあるのだ。

「まあ、おめえもたいした罪ではないからだろう。それでなくとも、牢は囚人でいっぱいだ。罪の軽い者はなるたけ早く出すのだろう」

年寄は訳知りのように言う。

「なに、ぼそぼそやってやがるんだ」

牢内役人のひとりが怒鳴った。

年寄は身をすくめた。

「牢名主たちとは反対側の隅にひとりで畳に座っているのは誰なんだ？」

しばらく様子を窺《うかが》ってから、駒之助は年寄にきいた。

「隅の隠居だ」

「隅の隠居？」

「あの男、多額の金子を持ち込んでいる。だから隅の隠居と言われ、牢内で自由でいられるんだ」

年寄はこっそり言う。

「多額の金子？」

「ああ、差し入れもあるんだろう。地獄の沙汰も金次第だ。ここでは番人に金を渡せば、酒や煙草《たばこ》、囲碁、将棋などなんでも持ってきてくれる」

「そうなのか」

駒之助は隅の隠居と呼ばれる男の顔を盗み見た。茫洋《ぼうよう》とした感じの五十近い男だった。

「とっつあんの名は？」

「名乗っても仕方ねえが、俺は善造《ぜんぞう》だ」

「善造さんか」

駒之助は眉毛に白いものが交じっている年寄の顔を見て呟《つぶや》いた。


朝五つに、食事が運ばれてきた。

飯を食い終えたあと、張番と牢屋同心が牢内に入ってきて、吟味のために呼び出される者を外鞘に連れ出した。

駒之助も外に連れ出され、後ろ手に縄をかけられた。他の吟味を受ける六人と数珠つなぎにされて、奉行所から引き取りに来た同心に連れられて北町奉行所に向かった。

呉服橋御門内の北町奉行所の門の脇に忠兵衛《ちゅうべえ》が立っていた。駒之助はなんの接触もないことを伝えるために首を横に振って合図をし、門に入った。そして、すぐ左手にある仮牢に入れられた。

ここで吟味の順番を待つのだ。ここでは手足を伸ばせるので楽だった。

順番が来て駒之助は詮議所に引き立てられた。吟味与力の詮議に、駒之助は素直に応じた。

その場で口書爪印をし、この次はお奉行のお裁きになる。それまでに、大鳥玄蕃とのつなぎ役が近づいてくることを祈るしかなかった。

夕方に、また数珠つなぎになって、小伝馬町の牢屋敷に帰ってきた。

「どうだった？」

牢名主が帰ってきた七人を並べて様子をきいた。尋問にも屈せず、否認した者には、よしと褒め、素直に罪を認めたという答えには機嫌が悪かった。

駒之助の番になって、

「素直に認めました」

と、正直に答える。

「情けねえ野郎だ」

「江戸追放にはなりたくないのですが、あっしの場合はどうにも逃げられませんので」

この中にいるかもしれない大鳥玄蕃とのつなぎ役に聞こえるように言う。

「つまらねえ野郎だ」

　牢名主はあくびをした。

　夕七つに夕飯が出て、暮六つには拍子木を打っての牢内の夜廻りがあり、また夜がやって来た。

二

　その夜、金四郎は公邸の用部屋から奉行の私邸になる奥向きに戻り、妻女と顔を合わせ、夕餉《ゆうげ》をとってすぐに居間に入った。

　居間には片づけなければならない書類が溜まっていた。

　女中がやって来て、

「田沢《たざわ》さまがお見えでございます」

　と、襖《ふすま》越しに言う。

「通せ」

「はい」

しばらくして、田沢忠兵衛がやって来た。

「夜分、恐れ入ります」

「構わぬ」

「朝、駒之助どのが牢屋敷より詮議のために護送されてきました。まだ、敵の接触はないようでした」

「そうか。元気そうであったか」

「はい。すっかり、遊び人の駒吉になりきっていました」

「うむ、石出《いしで》どのの話では大牢も囚人が増え、あふれんばかりだというから、駒之助も苦労していよう」

「お奉行。『結城屋』なのですが、ちょっと妙なことがわかりました」

「何か」

「梅本喜三郎が聞き込んで来たのですが、『結城屋』の娘が鳥居《とりい》さまのお屋敷に奉公に上がっていたそうです」

「奉公に？」

「妾《めかけ》になっているのではという噂《うわさ》もございました。それで、鳥居さまのお屋敷を探ってみました。ご妻女は南町奉行所の屋敷に移っていますが、『結城屋』の娘は屋敷に残っておりました。家来がかしずいているので、やはり噂はほんとうであろうと思われます。だから、『結城屋』はご禁制の品物を扱っても咎《とが》めがないのではと言う同業者もおりました」

「そういう縁だから、鳥居どのはこの件に躍起になっているのか」

「そうかもしれませぬ」

「このことを、押込みの一味は知っていたから、『断罪』という貼り紙を残したのか」

金四郎は眉根を寄せ、

「火盗改《かとうあらため》の動きはどうだ？」

「まだ、手掛かりは摑めていないようです」

「火盗改が苦労しているのか」

「押込み一味がどの方面に逃げたかも見当がついていないようです。それで隠れ家になりそうな場所を求め、本所・深川の空き家や荒れ寺などをしらみ潰しにしているようです。十人という集団が一堂に会することが出来るのは武家屋敷かもしれないと睨《にら》み、本所の不良御家人も調べているようです」

「そういう点では……」

ふと大鳥玄蕃の塾が金四郎の脳裏を過《よぎ》った。

「忠兵衛。わしはやはり大鳥玄蕃の塾が気になる」

「大鳥玄蕃ですか」

「そなたは大塩平八郎《おおしおへいはちろう》との関わりを気にしたな。押込みとは関わりがないかもしれぬが、塾の門弟が気になる。塾を見張り、門弟らしい者のあとをつけてくれぬか」

「わかりました」

忠兵衛が去ったあと、金四郎は再び書類に目を通した。

芝居町の所替えが決まり、移転先が浅草山之宿町の小出伊勢守《こいでいせのかみ》の下屋敷ということになって、移転の準備が進んでいる。

だが、もうひとつの難題が寄席の撤廃であった。この件もなんとか阻止すべく抵抗を試みているが、南町奉行に鳥居耀蔵《ようぞう》が就任したことで金四郎にとって圧倒的に不利になっていた。

矢部定謙《やべさだのり》が南町奉行でいれば、ふたりで共闘して水野忠邦《みずのただくに》に立ち向かうことが出来たが、もはやそれは叶《かな》わなくなった。

その矢部は、今は評定所での吟味が続いているのだった。

ふと、金四郎は書類から顔を上げた。駒之助の声が聞こえたような気がしたのだ。空耳だったが、過酷な環境の牢内で、さぞかし苦しい思いをしているのだろうと思った。


駒之助は耳をそばだてた。闇の中で空気が揺れているのがわかる。板を叩《たた》く音がした。濡れ紙で口と鼻を押さえつけられた囚人が足をばたつかせたのに違いない。

また、横にいた善造が駒之助の腕を摑んだ。駒之助は拳を握りしめ、怒りをやり過ごす。どうすることも出来なかった。へたに騒げば、今度は駒之助の身が危うくなる。

牢屋同心は見て見ぬ振りだ。作造りは暗黙の了解だ。牢内にひとが多過ぎるのだ。微《かす》かにうめき声が聞こえた。また、ひとり殺された。今夜は長い。

明け六つ（午前六時）、拍子木の音で目を覚ました。鞘のほうからの明かりで、牢内が見渡せた。板の間に五人が倒れていた。

「お役人さま。変死者が出ました」

牢内役人のひとりが格子から当番の同心に声をかけた。

「またか」

同心がため息をついた。

「きょうは五人でございます」

「待っておれ、今医者を呼んでくる」

やがて、牢屋医師がやって来た。

牢内に入って検死をするが茶番だ。

「病死だ」

牢屋医師が言い、牢内役人のひとりが牢屋医師に金を渡した。

これでふつか間で八人が死んだ。

朝飯前に、呼び出しがあったが、きょうは駒之助の名はなかった。

朝餉のあと、吟味の者が牢から連れ出された。

牢内役人たちが横に並んでいる前に平四人たちは畏《かしこ》まって整然と並んで座っている。駒之助も一番後ろに並んでいると、善造が駒之助の腕を指先で突《つつ》いた。

顔を向けると、善造が顔を近づけ、

「隅の隠居が呼んでいる」

と、囁くように言った。

「俺を？」

「そうだ」

駒之助は牢内の隅のほうに目をやった。

五十歳ぐらいの隅の隠居が手招きをしていた。牢内役人の目があるので躊躇《ちゅうちょ》したが、まだ手招きをしているので囚人の後ろをまわって隅の隠居のところに行った。

「おめえ、名はなんと言ったな」

「へえ、駒吉です」

「博打で捕まったのか」

「へい」

わざと桜の彫り物を見せるように袖をまくった。隅の隠居は彫り物にちらっと目をやった。

「まず江戸所払いだな。へたをすれば中追放だ」

「いやだ。俺は江戸を離れたくねえ。どこかの中間部屋にもぐり込む」

「当てがあるのか」

「ねえ」

駒之助は首を横に振った。

「そうか。だったら、これから俺が言う男を訪ねるんだ」

「………」

駒之助はわざと不思議そうに相手の顔を見る。

「いいか、よく聞け」

「へい」

「本所緑町一丁目の与兵衛店《よへえだな》に住む鋳掛け屋の茂助《もすけ》を訪ねるんだ。茂助なら助けてくれるぜ」

「ほんとうかえ」

駒之助はうれしそうに言い、

「茂助さんはどういうひとなんですかえ」

と、きいた。

「会えばわかる」

旅装の弥助《やすけ》といっしょにいた男が茂助だろう。

「でも、俺を信用してくれるだろうか」

「小伝馬町から来たと言えばわかる」

「ほんとうですかえ、ありがてえ」

駒之助は頭を下げた。

「いいか、ちゃんと行くんだぜ」

「必ず行きます」

「じゃあ、元の場所に戻るんだ」

「へい」

駒之助は平囚人の溜まり場に戻った。

「なんだったんだ?」

善造が小声できいた。

「匿《かくま》ってくれるひとを教えてくれた」

「そういえば、あいつもそうだったな」

「あいつって？」

「重追放になりそうだって悄気《しょげ》ていた男を隅の隠居が呼び寄せていた。俺はそいつとは話が出来なかったんで、どんな用だったかわからなかったが……」

弥助のことだ。やはり、弥助も隅の隠居から茂助のことを教わったのだ。

「でも、よかったじゃねえか」

善造は駒之助のために喜んでくれた。

「とっつあんは出られるのか」

「いや、出られねえ。出ても、迷惑がかかるだけだ」

「どういうことなんだ？　誰に迷惑がかかるんだ？」

「娘によ」

「娘さんがいるのか」

「ああ」

善造は俯いた。

「出たら、言づけてやる。どこの誰だ？」

「本郷菊坂町で『丸太屋』という下駄屋に嫁いでいるおこうだ」

「おこうさんか」

「誰だ、ひそひそ話しているのは」

牢内役人のひとりが大声を張り上げた。

善造は押し黙った。

また夜がやって来た。囚人たちは今夜も作造りがあるのではないかと戦々恐々としているようだった。

夜が更けた。八人が減ったが、窮屈さに変わりはなかった。


翌朝、朝飯前の呼び出しに駒之助の名があった。きょうはお奉行のお白洲だ。

朝餉のあと、駒之助は張番と牢屋同心に外鞘に連れ出され、後ろ手に縄をかけられた。前回と同様、他の囚人といっしょに数珠つなぎになって北町奉行所に向かった。

呉服橋御門内の北町奉行所の門の脇に、きょうも忠兵衛が立っていた。駒之助は大きく何度か頷《うなず》いた。接触があったという合図だ。

もし、まだ接触がなかったら、きょうの刑の宣告を延ばすことになっていた。

駒之助は仮牢に入れられた。

白洲に呼ばれたのは昼の八つ（午後二時）過ぎだった。

白洲に連れて行かれ、白砂利に敷かれた莚《むしろ》の上に座らされた。すぐ目の前の両脇には蹲踞《つくばい》同心が座って監視をしている。

正面の座敷を見上げると、吟味与力や例繰方《れいくりかた》与力、書役同心などが八の字の形で並んでいた。

やがて、正面の襖が開いて継裃《つぎかみしも》の金四郎《きんしろう》が登場した。わずか数日間だけであったが、妙に懐かしく、駒之助は思わず目頭が熱くなった。

いつの間にか、駒之助の横に羽織姿の年配の男が座っていた。神田岩本町友右衛門店の家主に違いない。忠兵衛に言われ、差添人としての芝居をしているのだ。

生命刑の宣告は吟味与力が牢屋敷に出向いて行なうが、遠島以下の刑の宣告は白洲にて奉行が行なう。

金四郎がいよいよ罪科申渡書を開いた。

「神田岩本町友右衛門店駒吉」

金四郎は声を張り上げ、

「申し渡しの趣き承るべし。その方儀、この一月十日神田岩本町の空き家にて開かれた賭場にて金品を賭けるなどの賭博行為をなしたること重々不届きにつき、江戸十里四方払いを申し付け候ものなり」

と、宣告した。

「おありがとうございます」

駒之助は平身低頭した。

それから落着請証文に、駒之助が爪印を押し、差添人である家主も連判した。

その日の夕方、駒之助は神田岩本町友右衛門店の家主が揃《そろ》えてくれた体《てい》の旅装で東海道を西に向かったが、その前に忠兵衛に、鋳掛け屋の茂助の名を告げていた。

駒之助は念のために芝まで行ったが、その手前で引き返し、築地から霊岸島《れいがんじま》を経て永代橋を渡り、深川にやって来た。

本所緑町一丁目の与兵衛店に住む鋳掛け屋の茂助を訪ねろ。隅の隠居の言葉だ。

佐賀町から小名木川《おなぎがわ》に出て、その川沿いを東に向かい、高橋を渡って本所のほうに急いだ。

辺りはすっかり暗くなっていた。駒之助は菅笠をかぶり、股引きに手甲脚絆《きゃはん》、草鞋《わらじ》履きですたすたと竪川《たてかわ》まで歩いてきた。

緑町一丁目は二ツ目橋を渡って右に曲がってすぐだ。思わず、駒之助の足どりは速くなった。

緑町一丁目に入り、与兵衛店を探す。途中で会った職人体の男に場所をきくと、この先だった。

与兵衛店の木戸を入る。腰高障子の絵や文字を見ながら路地を入る。一番奥の家の障子に鍋と釜が描いてあった。

駒之助は腰高障子に手をかけた。

「ごめんなさいまし」

戸を開けて、声をかける。

「誰でえ」

奥から声がした。四十年配の鰓《えら》の張った四角い顔をした男だった。

駒之助は土間に入って笠をとった。

「茂助さんでございましょうか」

駒之助は窺うようにきく。

「ああ、茂助だ。旅姿だが、ひょっとして」

「へえ、小伝馬町から参りました」

「そうか。まあ、上がれ。いや、すぐ出かけるんだ。草鞋の紐を解くまでもない。そのままでいい。そこに腰を下ろせ」

「へえ」

駒之助は上がり框《がまち》に腰を下ろした。

「名は？」

「駒吉です」

遊び人を印象づけるように、わざと左二の腕の彫り物が見えるように袖をまくる。

「何して小伝馬町に行ったんだ？」

「博打です」

「博打か。どこでやっていたんだ？」

「神田岩本町に空き家があって、そこがいつしか賭場になっていたんです。踏み込まれたとき、あっしだけ逃げ遅れて」

「胴元のことを話したのか」

「いえ。あっしはたまたま誘われて一度行っただけだと言い訳しました。他の者が全員逃げてしまったので、あっしの言い訳もすんなり通りました」

「そうか」

「でも、江戸十里四方払いですからね。江戸を離れたくないんですよ」

「で、おまえさんは親、兄弟は？」

「いません。孤児でした」

「孤児か」

茂助は目を細めた。

しばらく間を置いてから、

「ところで、駒吉さんよ」

と、茂助が口を開いた。

「へえ」

「これから、おめえをあるお方のところに連れて行く。そこがおめえを匿ってくれる」

「ありがてえ」

　駒之助は喜びをいっぱいに表した。

「ひとつだけ言っておく。そこには、いろいろな事情で江戸にいられなくなった者たちが集まってきている。つまり、おめえと同じような境遇の者がたくさんいるんだ。その連中と決して仲違《なかたが》いをするようなことがあっちゃならねえ」

「わかりました」

「約束だ」

「へい」

「そこは大鳥玄蕃さまという儒学者の住いだ」

「大鳥玄蕃さま……」

　その名を改めてきいて、駒之助は緊張した。

「昼間は、玄蕃さまは通ってくる門弟に学問を教えている。その住いの奥に、いろいろな事情を抱えた者が住み込んでいる。そこでは勝手な振舞いは許されねえ。とはいっても窮屈なものではない。昼間でも、外出は出来る。だが、役人に見つかってはならねえ。そのために、ひとりで動き回ることは許されねえ」

「へえ」

「まあ、難しいことはねえ。玄蕃さまの言うとおりにやっていれば問題はない」

「わかりました」

駒之助は応じてから、

「ところで、あの隅の隠居と茂助さんはどんな関係なんですかえ」

と、きいた。

「そんなこと、まだ知らなくていい」

「へい。すみません」

「おいおいわかってくる。じゃあ、さっそく案内しよう」

茂助は立ち上がった。

駒之助は笠をかぶり、先に土間を出た。

木戸口で待っていると、茂助がやって来た。

黙って先に立って、竪川沿いを一ツ目橋のほうに向かった。ぽつんと呑《の》み屋の提灯の明かりが灯《とも》っている。

川船が大川のほうから入ってきた。茂助は一ツ目橋を渡った。駒之助も橋を渡りかけて、少し離れた柳の木のほうに目をやった。

ひと影があった。編笠をかぶった着流しの武士だ。

金四郎だと思いながら、茂助のあとについて一ツ目弁天の前までやって来た。前方に夜鷹《よたか》そばの屋台が出ていた。

茂助は屋台の亭主に手で合図を送って、路地に入って行った。

いよいよ敵地に潜入だと、駒之助は気を引き締めた。

三

金四郎は駒之助が連れの男と一ツ目弁天横の路地に入って行くのを見届け、屋台の亭主に見つからないように踵《きびす》を返し、一ツ目橋を渡って両国橋を渡った。

背後から職人体の男が近づいてきた。忠兵衛だ。

「うまくいったようですね」

忠兵衛が並んで言う。

「駒之助はよくやった」

金四郎は褒めたたえた。

「緑町一丁目の与兵衛店に住む茂助をひそかに調べます」

「うむ。ひとを増やせば、敵に気づかれてしまう。人手が足りず、あれもこれもいうことになるが、頼んだ」

「わかっております」

すっと、忠兵衛は離れて行った。

金四郎は奉行所の私邸の玄関から戻った。

遅い夕餉をとって居間にこもった。

文机《ふづくえ》に向かっていたが、落ち着かずに立ち上がった。

障子を開け、濡縁に出た。生暖かい夜風が吹いている。内庭の梅の木に白い花が咲き出したのが夜目にもわかった。

駒之助はすでに大鳥玄蕃と会ったのだろうか。総髪の気品のある三十代半ばぐらいの男を思いだす。女のように整った顔立ちだが、逆八の字の眉や高い鼻梁《びりょう》、真一文字に閉ざした口許《くちもと》にはひとを引きつけるものがありそうだった。

玄蕃、何を企んでおるのだ。金四郎は思わず、口に出していた。

駒之助は大鳥玄蕃と向かい合って衝撃を受けた。逆八の字の眉や高い鼻梁など、引き締まった顔立ちは気品のある穏やかな喋《しゃべ》り方と相まって不思議な魅力を醸しだしていた。

玄蕃の前から下がって、駒之助は茂助に感想を述べた。

「いってえ、玄蕃さまはどういうお方なんですかえ。はじめて会った者の心を虜《とりこ》にしてしまうような何かがあります」

「そうよな」

茂助は頷いた。

「玄蕃さまは人徳を備えられている。あのようなお方は世間にざらにはおるまい」

「そうでしょうね」

駒之助は素直に感心している。

「これから、仲間に引き合わせよう」

茂助は言い、梯子段《はしごだん》を上がって廊下を伝い、二階の奥の部屋に行った。

「入るぜ」

襖を開け、茂助は部屋に入った。

数人の男たちが花札をしていた。部屋の隅に浪人がいた。

「おめえたち、そんなことをして玄蕃さまに……」

茂助が顔をしかめた。

「金なんか賭けちゃいませんよ。遊びですよ」

きつね目の若い男が悪びれないで言う。

「千吉《せんきち》。てめえか、やりはじめたのは？」

千吉は博打で江戸所払いになった男だ。

「茂助さん、いつまでもここにいたら気が滅入ってしまうんだ」

「てめえ、女郎屋に行くことを止められたからって自棄《やけ》になっているんじゃねえのか」

「そうじゃねえ」

「茂助さん」

別の男が口をはさんだ。

「なんでえ」

「いつ仕事がまわってくるんだえ。俺たちは若さをもてあましているんだ」

「勘助《かんすけ》。そう急《せ》くんじゃねえ」

芝神明町の商家で主人が殺された。下手人は手代勘助ということだった。その勘助であろう。

「まあ、おめえたちの気持ちは玄蕃さまにお伝えしておこう」

「お願いします」

勘助が頭を下げた。

「よし。引き合わせよう。きょうから仲間になった駒吉だ。江戸十里四方払いの刑を受けて解き放たれた」

「駒吉です。小伝馬町の隅の隠居から教わってきました」

駒之助は挨拶をした。

「俺と同じだ」

千吉が顔を向けた。

「こっちの弥助さんもそうだ」

苦み走った顔立ちの男は無愛想な顔を向けた。人妻との密通で捕まった弥助だ。

重追放の刑を受けたのだ。

「皆、玄蕃さまのために力を合わせてくれ。よろしく頼むぜ。そのうち、きっといい思いが出来る」

茂助は言う。

「腕が鳴るぜ」

部屋の隅にいた浪人が刀を鳴らした。

「成瀬《なるせ》さま。まあ、いずれ」

茂助はなだめるように言い、

「じゃあ、駒吉さん。今夜は思う存分手足を伸ばして」

「そうさせていただきます」

駒之助は辞儀をして茂助を見送った。

「ふとんを勝手に出して好きな場所に寝ればいい」

千吉が教えた。

「すまねえ」

駒之助は礼を言ってから、

「なぜ、隅の隠居は親切にここを教えてくれたんだ?」

と、きいた。

「親切なんかじゃねえ。俺がここに来たあと、さっきの茂助さんが隅の隠居に差し入れに行ったぜ」

「差し入れ?」

「かなり、いいものだ。隅の隠居はその差し入れを牢内役人にまわして、ご機嫌をとっているんだ」

「隅の隠居と茂助さんの関係は?」

「茂助さんも牢にいたことがあるそうだ」

「なるほど」

「それから、玄蕃さまは何か世の役に立つことをしようとしているらしい。そのために、身を粉にして働く仲間がたくさん必要なんだ」

「何をするんだ?」

「そいつはまったくわからねえ」

千吉は首を横に振った。

「牢内じゃ満足に眠れなかったから、眠くなった」

駒之助はあくびをした。

「ここなら手足を伸ばせ、寝返りも自由だ。今夜はゆっくり眠れるぜ」

千吉が笑った。

「狭いばかりじゃなく、連日連夜、作造りがあって八人も殺された。落ち着いて寝ちゃいられなかったぜ」

「もう二度とあそこには戻りたくねえ」

千吉は真顔で言う。

そのとき、襖が開いて男が顔を出した。

「新入りは誰でえ」

男が立ったまま不遠慮に見回す。

「へい、あっしです」

駒之助は立ち上《あ》がって男の顔を見たとき、あっと思ったが、色には出さない。眉毛が濃く、顎の尖《とが》った顔は、深川の仲町にある料理屋『吉乃家』の女中おきよが殺された現場から逃げて行った男の特徴といっしょだ。

やはり、ここにいたのだ。

「名は？」

「へえ、駒吉です。小伝馬町からやって来ました」

「何やったんだ？」

「へえ。博打です。神田岩本町の空き家で賭場が開かれていて、ときたま顔を出していたのですが、この前いきなり同心に踏み込まれました。他の者は一斉に逃げ出しましたが、あっしだけ逃げ遅れて」

「そうか。そいつは災難だったな。だが、そのおかげでここに来れたんだ。かえって、よかったかもしれねえぜ」

「へえ」

「俺は冬二《ふゆじ》だ。何かあったら、俺になんでも言え」

「へい、ありがとうございます」

冬二は部屋を出て行った。

「誰なんだえ」

駒之助は千吉にきいた。

「玄蕃さまの身の回りの世話をしている男だ。一階で暮らしている」

「一階には玄蕃さまと今の冬二さん。まだ他に？」

「玄蕃さまの腹心が冬二さんを含めて五人いる。さっきの茂助さんもそうだ。茂助さんを除く四人が階下で暮らしている」

ここにいるのは千吉、勘助、弥助、それに浪人の四人。駒之助が加わって五人になる。階下も、玄蕃を入れて五人だ。

「あと、茂助さんのように外に住んでいて、ここにやってくる男がふたりいる」

「ふたり？」

「松助《まつすけ》と初次《はつじ》という男だ」

「何者なんだ？」

「松助は日傭《ひようと》取り、初次は棒手振《ぼてふ》りだ」

「日傭取りに棒手振り？」

駒之助は首をひねった。

「堅気《かたぎ》だな」

「うむ。だが、よく顔を出す」

「そうか。俺たちは何かやらされるのだろうか」

駒之助は不安そうにきく。

「わからねえ。ただ、玄蕃さまに何か命じられたらなんでもやってしまうだろうな。あのお方には不思議な力があるようだ」

千吉が言うと、それまで黙っていた弥助が口をはさんだ。

「俺たちに何が出来るっていうんだ？　自分で言うのもなんだが、俺なんかなんの役にも立ちそうにねえ。腕力もねえしな」

「そいつは俺だってそうだ」

千吉が応じる。

「やばいことをやらされるのか」

わざと、駒之助は怖《お》じ気《け》づいたようにきく。

「牢屋敷から出てきた者など、脛《すね》に傷を持つ者ばかりを集めているのだ。危ない橋を渡るのは間違いあるまい」

部屋の隅から成瀬という浪人が口を入れた。

「何か想像がつきますかえ」

駒之助はきく。

「玄蕃さまは今の世の中に抵抗しようとしている。そのために何かをする気なのだと思うが、それが何かはわからん。弥助が自分で言うように、こんな優男に何が出来るか。人妻を誘惑することなら得意そうだがな」

「成瀬さま。もう、そのことは言いっこなしに」

弥助が哀願するように言う。

「悪気があって言っているのではない。玄蕃さまの心がわからないと言っているのだ」

成瀬は真顔で言い、

「さあ、寝るとするか」

と、立ち上がった。

厠《かわや》に行くのか、部屋を出て行った。

「ここにいれば酒も呑めるし、飯もたらふく食える。物相飯じゃねえぜ」

千吉が満足そうに言い、

「ただ、ひとりで自由に外に出られねえのが困るんだ。もっとも岡っ引きに顔を見られたらおしめえだけどな」

と、付け加えた。

「玄蕃さまはそんなに金を持っているのか」

「玄蕃さまの背後に支援者がいるそうだ」

「支援者？」

「玄蕃さまの才能に惚《ほ》れたどこかの金持ちが援助をしているようだ。それに、玄蕃さまの妻女どのの実家も金を持っているようだ」

成瀬が戻ってきた。

部屋の隅に自分でふとんを敷き、刀を枕元に置き、褌ひとつになって横たわった。

「あっしも休ませてもらう」

駒之助もその横にふとんを敷いて仰向けになった。自由に足が伸ばせた。ようやく安息出来る。駒之助はきょう一日を振り返った。

善造のことが懐かしく思いだされる。善造はきょうも牢屋敷内で窮屈な思いで眠らなければならないのだ。

本郷菊坂町に娘がいるということだ。一度会いに行ってやりたいと思った。

体は疲れているのに、頭は冴《さ》えていた。大鳥玄蕃はひとを集めているのだ。駒之助を含めて五人。罪を犯した者が多い。成瀬という浪人にも暗い陰がある。ただ、主人殺しで逃亡した勘助がどういうつてでここにやって来たかはわからない。たまたまここに逃げ込んできたのかもしれない。

しかし、気になるのは玄蕃の腹心の五人だ。その中に、『吉乃家』の女中おきよ殺しの下手人と思われる冬二という男がいる。

問題は冬二が玄蕃の腹心だということだ。つまり、おきよ殺しは冬二の一存ではなく、玄蕃の命令ではないかと思われる。

なぜ、玄蕃がおきよを殺さねばならなかったのか。そこに、玄蕃の素姓を知る手掛かりがあるかもしれない。

そして、もうひとつ気になるのが、外に住んでいてときたまやってくるという松助と初次のふたりのことだ。

日傭取りに棒手振りだ。このふたりが玄蕃の役に立つのだろうか。隣から成瀬の豪快な鼾《いびき》が聞こえてきた。

牢内でこんな鼾をかいたらたちまち始末されてしまうかもしれない。作造りを、牢屋同心は黙認している。牢屋医師など金をもらっている。

諸々のことを考えているうちに瞼《まぶた》が重くなってきた。

気がついたとき、夜が明けていた。障子の外が明るくなっていた。

すでに成瀬は起きていた。

「おはようございます」

駒之助は挨拶をする。

「そなた、よく寝ていたな」

成瀬が含み笑いをした。

「へえ、久しぶりにふとんで寝ましたので、ぐっすり寝入ってしまいました」

「そうか。あれじゃ寝首を掻《か》かれても気づくまい。俺がその気だったら、そなたの命はなかった」

「変なことを言わないでくださいな」

駒之助は怯《おび》えたように言う。

「いや、案外とそなたは気づいたかもしれないな」

「成瀬さま。ご冗談を……」

駒之助はあわてて言う。

「まあいい」

成瀬は無気味だった。

銘々でふとんを片づけたあと、廊下から女の声がした。

「朝餉です」

女が膳を運んできた。駒之助のぶんもちゃんと用意されていた。

「女もいるのか」

駒之助は千吉にきいた。

「女中だ。三人いる。だが、だめだ」

「だめとは?」

「手を出しちゃだめってことだ。あの弥助だって自重している」

千吉はおかしそうに言った。

白い飯が椀に山盛りだ。味噌汁も湯気が出ている。駒之助は夢中で飯をほおばった。

朝餉のあと、千吉にきいた。

「外に出られねえで、ここで一日、どう過ごすんだえ」

「広い庭がある。そこで体を動かすんだな」

「退屈そうだな」

「牢屋敷の中を思えば贅沢は言えまいよ。それに、遊んで飯が食えるんだ。考えてみれば、こんな楽なことはねえ」

「そりゃそうだが……」

　駒之助は不満そうに言い、

「外出は出来ねえのか」

　と、なおも未練たらしくきく。

「江戸十里四方払いの男が江戸にいるとわかったらどうするんだ？　へたに見つかり、あとをつけられたらおしまいだ。お咎めが玄蕃さまにも及んでしまう」

「確かにそうだが……」

「それでも外に出たければ、冬二って男の付添いがあればだいじょうぶだ」

「あの男にずっとついてこられるのはな」

　駒之助は首を横に振った。

「そうだろうな」

「夜もだめか」

「俺も一度、夜抜け出して女郎屋に行ったことがある。そしたら、玄蕃さまに叱られた。確かに、誰に見られるかわからないからな」

千吉は仕方なさそうに言う。

「馴染《なじ》みの女郎がいるんじゃないのか」

「馴染みになる前に行けなくなった」

千吉はため息混じりに言う。

「まあ、しばらくは余計なことを考えずにここで静かにしているんだな」

「わかった」

千吉にはそう言ったが、駒之助はなんとしても外に出たかった。忠兵衛に知らせたいことがあるのだ。外に出れば、忠兵衛がついてくるはずだ。

冬二は「何かあったら、俺になんでも言え」と言っていた。たとえ冬二がいっしょでも忠兵衛と接触する機会が生まれるかもしれない。

よし、折りを見て冬二に掛け合ってみようと思った。

四

きょうも初次は天秤棒を担いで青物を売り歩いた。

夕餉をときたま大鳥玄蕃のところで食べさせてもらうこともあり、いくぶん貯えが出来た。だから、親方からは天秤棒だけを借り、青物の仕入れは自分の貯えで賄うことが出来るようになった。

これは大きかった。今までは、金を借りて青物を仕入れ、一日の最後に売上から利子とともに返済する。この返済分がまるまる自分の懐に入るのは大きかった。

玄蕃と出会ってから改革のための締めつけが厳しい中でも先に希望が持てるようになった。いつものように町を流し、長屋の路地まで入り込み、商売をしながら小伝馬町にやって来た。

目の前を横切った男を見て、あっと声を上げた。茂助だったからだ。初次は茂助のあとをつけた。

茂助が向かったのは牢屋敷のほうだった。

牢屋敷の前には手拭い、塵紙《ちりがみ》、食べ物などの差入屋が軒を並べていた。茂助はその内の一軒に入って行った。

しばらくして、店の奉公人がふたり大きな荷物を持ち、茂助に従って牢屋敷に向かった。

牢屋敷の門番に、届物ですと、茂助は声をかけていた。

茂助が中に消えてから、初次は引き返した。茂助は囚人の誰かに差し入れをするのだ。

そういえば、最近、駒吉という男が小伝馬町の牢屋敷から玄蕃のところにやって来たらしい。その男もいったん茂助のところに行き、改めて茂助が玄蕃のところに連れて行くという手順を踏んだ。

牢屋敷の中にその仲介をする囚人がいて、その男に差し入れをしているのだろう。

小伝馬町から馬喰町《ばくろちょう》を経て、横山町に出、そして米沢町にやって来た。

紙問屋『美濃屋』の看板が見えてきた。昼下がりのなんとなく気だるいような時間だった。初次は裏口にまわった。

懐にきのうもらった柘植《つげ》の櫛《くし》が入っている。その櫛を手で確かめてから、

「えー、大根に小松菜はいかに……」

と、いつものように振り売りの声を出した。

昨夜、玄蕃に呼ばれて一ツ目弁天の裏の家に行ってきた。そこで、玄蕃が柘植の櫛を寄越したのだ。

「初次さん。確か、紙問屋『美濃屋』に好きな女子がいると仰《おつしや》っていましたね。確か、おみつさん」

以前、玄蕃から問われるままに、女中のおみつへの思いを話したことがあった。

なにしろ、玄蕃の前では心が裸になってなんでも話してしまうのだ。

それにしても、よく名前まで覚えているものだと感心しながら、

「へえ。でも、ふたりきりで会うことは出来ません」

と、俯いた。

「その櫛、おみつさんが気にいるかどうかわからないが、初次さんからだと言って差し上げてください」

「えっ。いいんですか」

「奢侈《しやし》禁止令で、贅沢《ぜいたく》品を持っているとお縄になります。ほんとうはもっといい櫛

があるのですが、それはいずれ奢侈禁止令が解かれたときに差し上げましょう。今はそれで我慢してください」

「とんでもない」

初次は押しいただいた。

しばらくして裏口の戸が開いた。思いがけずに、おみつが出てきた。

「おみつさん」

十九歳のおみつは愛くるしい顔を向けて、

「どうぞ」

と、初次を招き入れた。

「おみつさん」

庭に入って、初次は呼び止める。

「はい」

おみつが振り向いた。

初次は天秤棒を下ろし、懐から櫛をとりだした。

「これ、よかったら使ってくれないか」

櫛を差しだす。

「えっ、なんですか」

おみつはそっと受け取った。

「まあ、きれい」

「使ってくれ」

「これ、初次さんが？」

「うん。まあ」

玄蕃に言われたように、あくまでも自分で買い求めたことにした。

「うれしい」

「そうか。喜んでもらえてよかった」

「初次さんがくれたことがもっとうれしい」

おみつは恥じらうように言い、逃げるように小走りに台所に向かった。

初次は弾んだ気持ちであとに従った。

おみつは奥に引っ込んだが、きょうも女中頭のおまさが出てきて、野菜を全部買ってくれた。昼下がりなのに品物がすべて捌《さば》けた。

「初次さん」

引き上げようとしたとき、おまさが呼び止めた。

「へえ」

「おみつがずいぶんうれしそうだったけど、何かあったのかえ」

おまさは微笑《ほほえ》みながら言う。おまさは同郷の初次を実の弟のように可愛《かわい》がってくれるのだ。

「いえ、その……」

「何かあったら、私に言いなさいね。力になるから。そうそう、旦那さまから初次さんが来たら知らせるように言われていたんだけど、来客なのよ」

「そうですか。旦那さまにもよろしくお伝えください」

「ええ。また、来るのよ」

「ありがとうございます」

初次は礼を言い、台所を出た。

二階の廊下の手すりにたすき掛けのおみつがいた。髪に手をやり、櫛を指さした。

あげた櫛を挿していた。

軽く手を上げ、初次は裏口に向かった。

軽くなった天秤棒を担いで外に出て、表にまわる。

店の前を行き過ぎようとしたとき、店から武士が出てくるのを見た。羽織に着流しの武士だ。

胴が長く、足が短い。大きな鼻で、愛嬌《あいきょう》のある顔立ちだ。顔に覚えはないが、背格好を見て思い出す侍がいた。

深川の仲町のほうに行ったとき饅頭笠《まんじゅうがさ》の侍に呼び止められた。足の短い侍だった。

その侍は、眉毛の濃い、顎の尖った遊び人ふうの男を見かけたことはないかときいてきた。一瞬、冬二のことかと思ったが、そのような特徴の男は数多くいるだろうと思ってやり過ごした。

体つきがそのときの侍に似ていたのだ。

その侍は横山町のほうに歩きだした。初次はあとを見送った。向こうから岡っ引きを連れた町廻りの同心がやってくるのを見た。足の短い侍と出会った同心は畏まって頭を下げていた。

すれ違ってから、同心と岡っ引きがこっちに歩いて来る。初次は天秤棒を下ろして、近づいてきた岡っ引きに声をかけた。

「親分さん」

岡っ引きが足を止めた。

「なんだ?」

「へえ。つかぬことをお伺いいたします。今すれ違っていかれたお侍さまはどなたさまでしょうか」

「なんで、そんなことをきくのだ?」

岡っ引きがぎょろ目を剝《む》いた。

「へえ。以前、あのお方に声をかけられたことがあったものですから。どちらさまだったのかと気になりまして」

あわてて、初次は弁明する。

「そうか。あのお方は南町の内与力であられる本庄茂平次《ほんじょうもへいじ》さまだ。南町奉行鳥居甲《か》斐守《いのかみ》さまの懐刀だ」

「本庄茂平次さま……」

茫然《ぼうぜん》としている間に、岡っ引きは去って行った。

鳥居甲斐守さまの腹心がなんのために『美濃屋』に、と初次はたちまち不安に襲われた。まさか、『美濃屋』は本庄茂平次に目をつけられているのではないか。戻って、旦那に注意を呼びかけようと思ったが、先走ってもいけないと思い直した。本庄茂平次のことを考えながら、初次は両国橋を渡った。

早々と天秤棒を返したので、親方は目を瞠《みは》っていたが、何もきかなかった。亀沢町の親方のところから一ツ目弁天裏の大鳥玄蕃の家に向かった。玄蕃のところに、また駒吉という新しい男が増えたが、なぜ、そんなにひとの面倒を見るのだろうかと、初次は不思議に思うことがある。

玄蕃の家の広い土間に履物がたくさん並んでいた。きょうは講義の日だ。夕七つ（午後四時）まで間があったので、初次は庭に出てみた。

すると、梅の木の前で白い花を眺めている遊び人ふうの男を見つけた。精悍《せいかん》な顔立ちだ。二十七前後。初次より年上だ。

はじめて見る顔に、これが駒吉であろうと思った。

男が初次に気づいて顔を向けた。

初次は会釈をして近づいた。

「駒吉さんですかえ」

「駒吉だ。おまえさんは？」

駒吉は鋭い顔を向けた。

「へえ、初次っていいます」

「初次さんか。聞いている」

「あっしも駒吉さんのことは茂助さんから聞きました。小伝馬町からだそうですね」

「そうだ。牢内の隅の隠居って呼ばれている囚人に言われ、茂助さんに会いに行き、ここにやって来たのだ」

「そうですか」

初次は頷き、

「さっき小伝馬町の牢屋敷で差し入れをしている茂助さんを見かけました」

「やはり差し入れか」

「やはりと言いますと？」

「差し入れされた物を牢内役人に配って、隅の隠居は今の待遇を得ているんだ」

「そうなんですか」

「ところで、おまえさんはどういう理由でここに？」

「松助って男に誘われたんです。大島玄蕃という素晴らしい学者がいるからって」

「玄蕃先生はすぐに受け入れてくれたのかえ」

「そうです」

母屋のほうが騒がしくなった。講義が終わったようだ。

「失礼します」

初次は会釈をして母屋に戻った。

広間にいる玄蕃の前に行く。

「ちょっとよろしいでしょうか」

「どうしましたか。少し焦っているようですが」

玄蕃が穏やかにきく。

「じつは、『美濃屋』に南町の本庄茂平次という内与力が出入りをしているようなのです。本庄茂平次は南町奉行鳥居甲斐守さまの懐刀だそうです。何か、『美濃屋』

が目をつけられたのではないかと思いまして」

初次は心配そうにきく。

「そうですか、本庄茂平次が……」

「本庄茂平次を御存じですか」

「噂に聞いております。もともと長崎の地侍だったのが不始末をしでかして江戸に出てきて鳥居さまの家来に取り上げられた男だそうです。鳥居さまのためならなんでもする男だと聞いています」

「では、やはり鳥居さまの命を受けて、『美濃屋』を監視しているのでしょうか」

「まだ、なんとも言えません。奉行所の権威を笠に着て、小遣い稼ぎをしているだけかもしれません」

「そうですね」

「そんなに深刻になる必要はありません」

「はい」

「まだ、何か屈託が？」

玄蕃がやさしくきく。

「へえ、その……」

「何か言いにくいことですか」

「そうじゃねえんですが……」

「自分ひとりで抱え込まないで、なんでも話したほうが気が楽になりますよ」

「わかりました」

　初次は頷き、

「じつはいつぞや、深川の仲町を流しているとき、饅頭笠の侍に呼び止められたことがありました。その侍は足が短く胴体が長い特徴的な体つきでした。今から思うと、本庄茂平次だったと思います」

「どんな用だったのですか」

「眉毛の濃い、顎の尖った遊び人ふうの男を見かけたことはないかときかれたのです」

「なに、眉毛の濃い、顎の尖った遊び人ふうの男？」

「はい。正月の十日、深川の仲町にある料理屋の『吉乃家』の女中が堀端で匕首《あいくち》で刺されて殺されたそうなんです」

「………」

「逃げて行く男を見ていた者がいて、眉毛の濃い、顎の尖った遊び人ふうの男を下手人として探しているそうです」

玄蕃の顔色が変わった。

「こんなことを言ってはなんですが……」

そう断って、初次は続けた。

「冬二さんのことを思い浮かべました」

「冬二さんのことを？」

「すみません。冬二さんに特徴が似ているって言いたかっただけです」

「そうですか。冬二さんがそんなことをするはずはありません。似たような男がいるのでしょう。でも、あらぬ疑いをかけられぬように冬二さんにも注意をしておきましょう。初次さん、よく知らせてくれました」

玄蕃が頭を下げた。

「先生、よしてください」

初次はあわてて制した。

「じゃあ、あっしはこれで」

「本庄茂平次のことは門弟の中に南町奉行所に知り合いがいる者がいるので、それとなく確かめておきます。心配はいりませんよ」

「はい。安心しました。なにしろ、『美濃屋』の旦那はあっしを同郷っていうだけで目をかけてくれています。何かあったらと心配で……」

「わかりますよ」

玄蕃は初次にいたわるような目を向けた。

「では、失礼します」

初次は一礼して下がった。

庭に出てみると、駒吉はいなかった。ふと視線を感じて二階を見上げると、窓辺に駒吉が立っていた。その横にいるのはきつね目の千吉だ。

二階にいるのは皆わけありの連中だ。一階には冬二をはじめとして玄蕃のもとともとの家来のような者がいる。

そんな中で、初次と松助は異質だ。初次は単なる棒手振りだ。松助だって日傭取りだが、ちゃんと長屋暮らしをしている。

駒吉にきかれたが、どういうわけで、初次と松助はわけありの連中の仲間に加えられたのだろう。はじめて、そのことに疑問を抱いた。が、答えはわからぬまま長屋に帰ってきた。

五

翌日の朝、金四郎は登城前に忠兵衛の報告を受けた。

「きのうは夜まで待ってみましたが、駒之助どのは出てきませんでした」

「一昨日入ったばかりだ。きのうの外出は難しかろう」

「はい。それから、大鳥玄蕃の門弟ですが、十数名のうち、ほとんどが本所の小普請組の御家人のようです」

「本所の小普請組か」

金四郎は思わず顔をしかめた。

非役の旗本・御家人は小普請組に組み入れられた。基本的に三千石以上を寄合、それ以下を小普請と分けているが厳密ではない。

が、本所の小普請組といえばほとんど御家人だ。この小普請組には年少者や病弱の者などの他に罪を犯して免職になった者も入れられた。

本所の小普請組には不良御家人が多い。

「問題を起こした御家人も入っているのか」

金四郎はきいた。

「はい。ですが、今までゆすり、たかりなどで町人を困らせていた御家人が大鳥玄蕃の門弟になってから問題を起こさなくなっているのです」

「まことか」

「はい。大岸左馬之助《おおぎしさまのすけ》という百五十俵三人扶持の御家人がおります。この大岸左馬之助は料理屋で因縁をつけたり、わざとひとにぶつかって金を巻き上げたりと、町の者を泣かせていたそうです。ところが、玄蕃の塾に行くようになってからの二か月、まったく問題を起こしていません」

「…………」

「他にもそのような御家人が何人かいます。逆に、ここ数か月で事件を起こした御家人の中には玄蕃の門弟はひとりもおりませぬ」

「信じられぬ」

金四郎は意外に思った。

だが、それは現実のようだった。玄蕃の学問が不良御家人たちの心をも変えたのか。そんなに簡単にひとが変われるのか。

「それが事実だとしたら、大鳥玄蕃は素晴らしい人物だ。だとすれば、あそこに逃げ込んだ犯罪者も皆立ち直るかもしれぬな。いや、それが目的で受け入れているともいえる。だが」

金四郎は用心深く、

「何か裏がないいか、もう少し調べてもらいたい」

「はっ」

忠兵衛が下がってから、金四郎は登城の支度をした。

駒之助は庭に出た。二階の部屋を注視し、冬二が出てくるのを待った。

駒之助がうろついているのを気にしたのか、部屋から扁平《へんぺい》な顔で目つきの鋭い男が顔を出した。冬二より年上だ。三十半ばか。

「何をしているんだ？」

男は鋭い声を出した。

「へい、冬二さんが出てくるのをお待ちしているんです」

「冬二を？」

「へい」

「おめえは新しくやって来た男だな」

「へい、駒吉っていいやす」

駒之助は腰を屈《かが》めた。

「どんな用だ？」

「へえ。じつは何かあったら相談しろと冬二さんに言われて、お頼みしようとしていたんです」

駒之助はそう前置きしてから、

「牢屋敷で善造って年寄の囚人に何かと世話になりました。本郷菊坂町におこうという娘がいるそうです。その娘さんに会って善造さんの言伝《ことづ》てを話してやりたいと思いまして」

「それが、冬二とどういう関わりがあるんだ?」

「へえ。勝手に外出は出来ねえというんで、冬二さんにごいっしょしていただければ外出は出来るかと思いまして」

「そうか」

男は納得したように頷き、

「待っていろ。冬二を呼んでくる」

「へい。じゃあ、梅の木のところで待ってます」

駒之助は梅の木に向かった。

白い花びらが陽光を受けて輝いていた。お奉行の私邸の居間からも庭の梅を見ることが出来た。

あの梅も花開いていることだろう。

背後にひとの気配がした。

振り返ると、冬二が近づいてきた。

「銀蔵《ぎんぞう》兄いから聞いたが、おめえ、俺に頼みがあるそうだな」

さっきの男は銀蔵という名だと知った。

「へい。じつは、牢屋敷で善造って年寄の囚人に何かと世話になりまして……」

銀蔵に話したのと同じことを口にし、

「冬二さんがいっしょなら外出出来るんじゃないかと思いまして」

「本郷までか」

「へい」

「わかった。玄蕃さまに頼んでみよう」

「ありがてえ、よろしくお願いします」

駒之助は頭を下げた。


玄蕃の許しが出て、駒之助が冬二といっしょに玄蕃の家を出たのは夕暮れどきだった。

大工の格好をした駒之助と冬二は辺りに注意を払いながら小名木川の船宿に行き、舟に乗った。途中で、役人に出会う危険を考えれば安いものだと玄蕃が小遣いをくれたらしい。

これは思惑違いだった。仮に忠兵衛が駒之助のあとからついてきたとしても舟までは考えていなかったに違いない。

小名木川から大川に出て新大橋をくぐる。駒之助は振り返った。すると、猪牙舟《ちょきぶね》が小名木川から出てきた。

忠兵衛かもしれないと思った。冬二は気づいていない。やがて、両国橋に近づく。かつてはたくさん出ていた舟遊びの屋根船はほとんど出ていない。両国橋をくぐり、神田川に入る。

辺りは暗くなった。柳橋の船宿の明かりも侘《わび》しく灯っている。かつての華やかさはなかった。

南町奉行に鳥居甲斐守が就任してからより取締りは厳しくなっていた。

「これは江戸じゃねえ」

冬二が吐き捨てるように言い、

「江戸の町はこのままじゃ死んでいく」

「冬二さんは江戸の生まれですかえ」

「深川だ」

「そうですかえ」

船頭の耳があるので詳しい話は出来なかった。

神田川に入り、新シ橋《あたらばし》、和泉橋《いずみばし》、筋違橋《すじかいばし》、昌平橋をくぐって、湯島聖堂の先にある船着場で船を下りた。

猪牙舟はしっかりついてきていた。

歩きはじめてふと冬二が振り返った。駒之助はどきっとした。

「どうかしたんですか」

駒之助はきいた。

「俺たちのあとから舟がやって来ていた。気づいたか」

「いや」

冬二は気づいていたのか。

しばらく船着場のほうを見ていたが、
と呟き、ようやく冬二は歩きだした。油断出来ないと、駒之助は用心深くなった。

「気のせいか」

駒之助と冬二は本郷通りから菊坂町のほうに曲がった。本妙寺の前を過ぎ、菊坂町に入る。

小商いの店が並ぶ通りにはすでに大戸が閉まっていた。通りの端まで行ったが、『丸太屋』の看板は見つからなかった。

「間違いないのか」

冬二が不機嫌そうに言う。

「確かに、菊坂町の『丸太屋』だと言ったんだ」

駒之助は善造が嘘をついたとは思えない。

「見栄かもしれねえぜ。ほんとうは娘なんかいないんだ。あるいは、そう思い込んでしまっているのかもしれない」

駒之助は辺りを見回した。八百屋と荒物屋の間にある長屋木戸から男がふたり出てきた。ひとりは木戸を出たところで立ち止まり、もうひとりを見送った。

長屋に遊びに来た男が帰って行ったのだ。見送った男が木戸に入ろうとしたのを、

「もし、ちょっとお訊《たず》ねしやす」

と、駒之助は声をかけた。

「なんだえ」

男は木戸口で振り返った。四十ぐらいの細い目をした男だ。

「この近くに『丸太屋』という下駄屋はありませんかえ」

駒之助はきいた。

「『丸太屋』はもうない」

「ない？」

駒之助はきき返し、

「以前はあったんですかえ」

「ひと月前に廃業した」

「何かあったんですかえ」

「借金の形《かた》にとられちまったそうだ」

「おかみさんはおこうさんですね」

「そうだ」

「今、どこにいるかわかりませんかえ」

「知らねえな」

「誰にきけばわかるでしょうか」

「さあ」

男は首を傾《かし》げたが、

「かみさんは以前、湯島天神の門前にある料理屋で女中をしていたそうだ。そこに行けば何かわかるんじゃねえのか」

男は冬二を無気味そうに見て、

「もういいかえ」

と言い、長屋の路地に入って行った。

「話はほんとうだったらしいな」

冬二が声をかけた。

「廃業だなんて、何があったのか……」

善造は知らないのだと、駒之助は胸が痛んだ。

「さあ、引き上げよう」

冬二は急かした。

「へえ」

菊坂町を出て、再び本妙寺の門前に差しかかったとき、ふと冬二が足を止めた。

眉根を寄せ、厳しい顔をしている。

「どうしたんですね」

駒之助は訝《いぶか》ってきいた。

「先に行ってくれ」

「先に？」

「いいから行け。柳橋の『川津屋』という船宿で待っていろ」

「へえ」

冬二が見つめているので、駒之助は先に向かった。途中で振り返ると、冬二の姿はなかった。

駒之助は暗がりに身を隠しながら本妙寺の門前まで戻った。辺りの様子を窺い、山門を入る。境内を見回すが、ひと影は見当たらない。

鐘楼から本堂の周辺を探したが、誰もいない。ここではないようだ。

山門を出て、菊坂町のほうに戻った。明地《あきち》である広っぱにも町筋にも冬二らしき男の姿はなかった。

諦めて、柳橋に向かった。本郷通りを湯島聖堂の前までやって来た。誰かがつけてくるのに気づいた。

忠兵衛かもしれないと足を緩めた。だが、近づいてこようとしない。忠兵衛ではないのか。あとからついてきた舟の主は忠兵衛ではなかったのか。

いや、忠兵衛だったとしても、駒之助に近づけないのだ。

あっと思った。冬二は舟がついてくることに気づいていた。それで、駒之助に疑いを持ったのではないか。

冬二は駒之助をひとりにさせ、動きを見張っているのではないか。そう思うと、ここで変な動きは出来なかった。

忠兵衛も冬二が見張っていることに気づいて近づけないのだ。今、駒之助を間にして、忠兵衛と冬二が見えない闘いを続けているのかもしれない。

駒之助は神田川に出て、柳橋までまっしぐらに行った。ずっと黒い影がついてきていた。冬二のような気がしている。

『川津屋』の軒行灯《のきあんどん》が見えてきた。戸口で振り返った。つけていた影は消えていた。

冬二だったら、じきに何食わぬ顔でやってくるはずだ。

だが、四半刻（三十分）経《た》っても、冬二はやって来なかった。

どこかで目を光らせているのか。駒之助はさらに四半刻待ってから、舟で対岸に渡った。竪川の船着場で下り、一ツ目弁天脇の路地を入る。屋台の亭主が鋭い目をくれているのがわかった。


翌朝、朝餉のあと、駒之助は玄蕃に呼ばれ、階下に行った。

玄蕃は自分の部屋で待っていた。玄蕃の横に、銀蔵がいた。

「昨夜はいかがでしたか」

「へえ、目的は果たせませんでした。訪ねた『丸太屋』という下駄屋はすでに廃業したあとでした」

「そうですか」

玄蕃は表情を曇らせ、

「冬二はどうかしましたか」

と、きいた。

「冬二さんが何か」

駒之助は心がざわついた。

「昨夜、帰ってこなかったのです」

「えっ」

駒之助は思わず叫んだ。

「ほんとうですかえ」

「ほんとうだ。昨夜、何があったんだ？」

銀蔵が口をはさんだ。

「へえ。昨日の夕方、舟を使って本郷まで行きました。菊坂町で『丸太屋』が廃業したことを聞かされ、冬二さんと引き上げました。ところが、本妙寺の門前に差しかかったとき、急に冬二さんが足を止めたんです。厳しい顔で、あっしに先に柳橋の『川津屋』に行っていろと言うので、そのとおりにしました。でも、半刻（一時間）待っても来ないので、先に引き上げました」

「何があったのか」

銀蔵がきく。

「いえ、まったくわかりません」

駒之助は首を横に振ってから、

「ただ、舟を下りたあと、冬二さんは背後を気にしていました。誰かにつけられているとでも思ったようでした」

「…………」

「でも、菊坂町を出るまでは、冬二さんの様子に変わったところはありませんでした。本妙寺の門前に差しかかったときからです、冬二さんの様子が変わったのは……」

「そうですか」

玄蕃はため息をついた。

「冬二さんに何かあったんでしょうか」

駒之助は身を乗り出すようにしてきいた。

「わかりません」

玄蕃は首を横に振った。

「気になります。あっしはこれから本妙寺に行ってきます」

駒之助は気負ったように言う。

「いや、役人の目があります。あなたは危険です」

玄蕃は引き止めた。

「あっしが行ってきやしょう」

銀蔵が立ち上がった。

「お願いです。あっしも連れて行ってください。いっしょに出かけた冬二さんの身に何かあったのではないかと気が気ではありません」

「そうですか。それほど言うのなら」

玄蕃は渋々ながら、

「銀蔵さん。駒吉さんを連れて行ってください」

「わかりました」

銀蔵は答えてから、駒之助に顔を向け、

「怪しまれねえように職人の格好をして行こう。ふたりで同じ格好をしていれば気づかれにくいだろう」

と、思いつきを口にした。

「そうします」

「駒吉さん、銀蔵さんのそばを離れないように」

玄蕃は注意をする。

「へえ。でも、着るものは？」

「半纏《はんてん》や腹掛はありますよ」

玄蕃が言う。

「よし、さっそく支度をして出かけよう」

銀蔵は駒之助を促した。

「頼みました。何か胸騒ぎがしてなりません」

珍しく、玄蕃は暗い顔になった。

駒之助も何かあったと思わざるを得なかった。

駒之助と銀蔵は紺木綿の股引きに腹掛、法被《はっぴ》という大工の格好をして出かけた。

半刻後に、ふたりは本郷通りを経て、本妙寺までやって来た。

「ゆうべ、ここで別れたんです。冬二さんはあっしを先に行かせ、この山門の前に立ってあっしを見送りました」

駒之助はそのときの様子を話した。

「変わった様子はないな」

銀蔵は辺りの様子を窺ってから、山門をくぐった。駒之助もあとに従う。本堂に向かうひとや鐘楼の近くで竹箒《たけぼうき》を持って掃除をしている寺男などの姿が目に入る。銀蔵が変わった様子と言ったのは、冬二が事件に巻き込まれたことを思い描いての言葉のようだ。

やはり、冬二は何かの事件に巻き込まれたと考えるほうが自然だ。冬二は誰かがつけてきたのに気づいていた。

その男の正体をひとりで摑もうとしたのだ。なぜ、ひとりでしようとしたのか。なぜ、駒之助に手伝わせなかったのか。

山門を出て、菊坂町のほうに行った。岡っ引きらしい男が歩いてくると、すっと銀蔵の陰に隠れるようにした。

菊坂町でも変わったことがあった様子はない。

「何もなさそうだ。引き返そう」

再び本妙寺の前を過ぎて本郷通りに出た。

「あっちだ」

銀蔵は来た道ではなく、本郷四丁目を突っ切り、加賀前田《かがまえだ》家の塀沿いを湯島の切通しのほうに向かう道を選んだ。

「冬二さん、どうしたんでしょう」

駒之助は不安を口にした。

「もしかしたら、女かもしれぬな。おめえを先に帰して、ひとりで女のところに行ったってことも考えられる」

「女ですかえ」

駒之助は首を傾げた。

別れたときの顔つきはとうてい女に会いに行くような雰囲気ではなかった。

切通しを下ってから、ふと思いついたように、

「不忍池《しのばずのいけ》のほうに行ってみよう」

と、銀蔵は言った。

「…………」

駒之助は黙って従う。

茅町《かやちょう》を突っ切り、池の辺《ほとり》に出たとき、西岸のほうにひとだかりが見えた。同心や岡っ引きの姿もあった。

「あれは」

駒之助ははっとした。

「行こう」

銀蔵は急ぎ足になった。駒之助も小走りになる。

ひとだかりの輪の中にひとが倒れているのがわかった。

「行き倒れですかえ」

銀蔵が野次馬のひとりに声をかけた。

「殺されたらしい」

商人ふうの男が答えた。

「殺された？」

思わず、駒之助がきき返す。

「刀で斬られていたそうです」

「で、殺されたのはどんなひとで？」

駒之助は気負ってきいた。

「三十歳ぐらいの遊び人ふうの男だそうです」

「駒吉。待っていろ」

銀蔵が鋭く言い、野次馬の中に割り込んで前に出た。駒之助は忠兵衛がいないか目を凝らした。だが、姿は見えない。

北町の者はいないようだ。ホトケを検《あらた》めているのは南町の百瀬《ももせ》多《た》一郎《いちろう》という同心だ。

しばらくして、銀蔵が戻ってきた。

「どうでしたか」

厳しい顔のまま、銀蔵は駒之助の脇を行き過ぎた。駒之助はあわてて追いかけ、

「どうだったのですか」

と、きいた。

「冬二だ」

「えっ？」

「冬二は殺されていた」

銀蔵は人気《ひとけ》のない場所までやって来て、

「駒吉。おめえ、何か知っているんじゃねえのか」

と、問い詰めるようにきいた。

「知らねえ。まったく何があったかわからねえ」

「ほんとうだな」

駒之助を睨み付けていたが、銀蔵はため息をついて視線を外した。

「冬二さんは誰かと会ったんだ。本妙寺の山門で誰かが待っていたんだ。それから、ここまでやって来たんだ」

「冬二がのこのこついて行くとは思えねえ」

銀蔵は不快そうな顔をした。

「ともかく、玄蕃さまに知らせるんだ」

駒之助は何があったのかさっぱりわからなかった。舟でつけてきたのは忠兵衛ではなかったのか。

冬二は料理屋『吉乃家』の女中おきよが殺された現場から逃げて行った男に似ていた。しかし、似ていただけで、その男が冬二だったという証《あかし》はない。それでも、町方が冬二に出会えば声をかけるかもしれない。そのとき、冬二が逃げたとしても、町方がこんな真似《まね》をするはずはない。

いったい、何者が冬二を殺《や》ったのか。いくら考えてもわからないまま、駒之助は銀蔵と共に大鳥玄蕃のもとに戻った。

第三章　『吉乃家』の客

一

その日の夕方、金四郎《きんしろう》は奉行の用部屋で忠兵衛《ちゅうべえ》から報告を受けた。

「今朝方、不忍池《しのばずのいけ》西岸にて見つかった斬殺体を、『吉乃家』の女中おきよが殺された現場から逃げて行った男を目撃した職人に見せたところ、同じ男のように思えるということでした」

「おきよ殺しの下手人に間違いないようだな」

金四郎は当惑しながら、

「なぜ、下手人が殺されねばならなかったのか」

と、呟《つぶや》く。

「おきよの身内が殺し屋を雇ったとは考えられませんか」

忠兵衛が考えを述べた。

「おきよがなぜ殺されたのかを考えねばならない。南町の本庄茂平次《ほんじょうもへいじ》が現場から逃げて行った男のことを気にしていたようだが……」

茂平次は下手人にこだわる理由を座敷で何度か顔を合わせているからと話したようだが、それだけのことで下手人にこだわるのは妙だ。

「おきよについて、その後、何かわかったか」

「やはり、男がいたようです。ときたま、店を休んでいます。おそらく、その日は男と会っていたのだろうと、『吉乃家』の朋輩《ほうばい》は話していました。しかし、男のことはいまだに何もわかりません」

おきよは去年、長患いの母親が亡くなり、『吉乃家』の近くの黒江町の裏長屋にひとりで住んでいた。男が出来たのは母親が亡くなったあとであろう。

「で、殺された男の身元はまだわからないのだな」

「はい。まだです」

「駒之助《こまのすけ》のほうはどうだ？」

「その件ですが」

忠兵衛が身を乗り出すようにし、

「ゆうべ、大鳥玄蕃《おおとりげんば》の家を見張っていたところ、駒之助どのらしい男ともうひとりの男が路地から出てきました。あとをつけようとしたところ、少し遅れて例の茂助《もすけ》が出てきたのです」

小伝馬町《こでんまちよう》の牢屋敷を出た駒之助は緑町一丁目の与兵衛店《よへえだな》に住む茂助を訪ねたのだ。

「見張りか」

「だと思います。おかげで、駒之助どののあとをつけることは出来ませんでした。茂助は小名木川《おなぎがわ》沿いにある船宿の近くで佇《たたず》んでいました。すると、駒之助どのを乗せた舟が船宿を出立しました。岸から大川に向かう舟を見たのですが、どうやら連れは殺された男だったような気がします」

「駒之助はおきよを殺した男といっしょに出かけたのか」

「はい。そのあとを茂助が舟でつけて行きました。私も茂助のあとを追おうとしたのですが、あいにく船宿に舟がなく、仕方なく地上を追いかけました。すると、新大橋の途中で両国橋をくぐっていく舟を見つけました。おそらく神田川に入って行ったのだと思います」

「そうか。敵も用心しているな」

「はい」

「駒之助は連れの男が誰に殺されたのかわかっているのか」

「いっしょだったのですから、わかっていると思うのですが」

「それにしても、なんのために不忍池まで行ったのか」

金四郎は不思議に思った。

「駒之助どのとつなぎがとれれば何もかもわかるような気がするのですが、なかなかできません。外に出るときは必ず見張り役がいっしょのようです」

金四郎はなんとか駒之助と連絡をとりたいと思ったが、どのような手段があるか、すぐには思いつかなかった。

駒之助は大鳥玄蕃の家の庭にいた。梅の木の前で、駒之助は冬二《ふゆじ》のことを考えていた。

あとからつけてきた舟の主は忠兵衛ではなかったのか。船宿に行き、どんな男だったかをきいてみたかったが、外出出来ないことと、そのようなことが玄蕃に知れたらどんな疑いを招くかもしれず、そこまで踏み切れなかった。

それにしても、何者がなぜ冬二を殺したのか。

背後にひとの気配がして振り返ると、若い男が立っていた。端整な顔立ちの男だ。

「駒吉《こまきち》さん」

若い男が声をかけてきた。

「確か、初次《はつじ》だったな」

駒之助はわざと乱暴に言う。

初次は棒手振《ぼてふ》りだ。なぜ、堅気《かたぎ》の者がここに出入りをしているのか、駒之助は気になっていたのだ。

「何か用かえ」

何か言いたそうな初次を促す。

「駒吉さんは冬二さんといっしょだったそうですね」

初次は切りだした。

「そうだ。いっしょに本郷まで行ったが、途中で別れた。それきりになってしまった」

「そうですか」

「何か気になることでもあるのかえ」

「冬二さんは刀で斬られていたんですね」

「そうだ。何か心当たりがあるのか」

「じつは、少し前になるのですが、仲町を流しているとき、饅頭笠《まんじゅうがさ》の侍に呼び止められたことがありました。その侍は足が短く胴体が長い特徴的な体つきでした。あとで知ったのですが、南町の鳥居甲斐守《とりいかいのかみ》さまの家来の本庄茂平次さまだったと思います」

「本庄茂平次……」

「本庄さまは、あっしに眉毛の濃い、顎の尖《とが》った遊び人ふうの男を見かけたことはないかときいてきました」

「冬二さん……」

「深川の仲町にある料理屋『吉乃家』のおきよという女中が殺された現場から逃げて行った男だそうです」

「…………」

「本庄茂平次さまは冬二さんを探していたんです。もしかしたら、本庄さまと出会ってしまったのではないかと」

「冬二さんは本庄茂平次に殺されたのではないかと思っているのか」

「ええ」

「いや」

駒之助は首を傾《かし》げた。

「何か」

初次が不思議そうに見る。

「冬二さんは本庄茂平次を知らないはずだ。俺を先に帰して、自分ひとりで本庄茂平次と対峙しようとするはずはない。それに、本庄茂平次が俺たちをつけていたとしたら、俺だって気がつく」

駒之助は疑問を口にし、

「それに、あのときの冬二さんの様子では、自ら相手に近づいていったようだ。本庄茂平次にそこまでするとは思えない」

「そうですか。あっしはてっきり本庄茂平次の仕業かと思って」

「本郷に行ったのは俺の理由からだ。冬二さんは付き合ってくれただけだ。そこにたまたま本庄茂平次が行き合わせたとは思えない」

やはり、つけてきた者が駒之助に気づかれずに冬二を呼び止めたのだ。いや、そうとは限らない。

冬二がたまたま見知っている誰かを見かけたということは考えられる。あのときの冬二は身の危険を感じているようではなかった。

やはり、あとをつけてきた舟の主が気になる。

「頼みがある」

思わず、駒之助は小声になった。

「なんですね」

「冬二さんと小名木川の船宿から舟に乗ったんだが、あとから一艘《そう》の舟がついてきた。船宿に行って、どんな客だったか調べてみてくれないか」

「…………」

「俺が行ければいいんだが、外出は出来ないんだ」

「わかりました。やってみましょう」

　初次は請け合った。

「待て」

　行きかけた初次を呼び止めた。

「おまえさんは松助《まつすけ》って男に誘われたんだったな。大鳥玄蕃という素晴らしい学者がいるからって」

「そうです」

「玄蕃さまはすぐに受け入れてくれたそうだが、玄蕃さまはどうしておまえさんの出入りを許したんだえ。ここにいる連中とおまえさんは違う。おまえさんは堅気じゃねえか」

「玄蕃さまは誰でも受け入れてくれるのです。松助もそうです。息苦しい世の中で生き抜く手掛かりを玄蕃さまから教わろうとしているんです」

「松助は日傭《ひようと》取りだそうだな」

「そうです。でも、はじめからじゃありません」

「以前は何をしていたんだ？」

「どこかの商家に奉公していたそうです。そこをやめさせられて、日傭取りになったと言ってました」

「どこなんだ、お店《たな》は？」

「知りません」

「そうか」

ふと射るような視線を感じた。一階の廊下のほうからだ。銀蔵《ぎんぞう》だろうか。

「俺たちがこそこそ話しているのを気にする者がいるようだ。もし、誰かに何を話していたのかときかれたら、牢内の様子が知りたくてきいていたと言うんだ。そうだな、隅の隠居の話を聞いたと」

「わかりました」

「それから、船宿の件。誰にも気づかれぬようにな」

「ええ」

「もう引き上げたほうがいい」

「じゃあ」

初次はその場から離れた。

駒之助も少し間を置いて二階の部屋に戻った。

夕餉《ゆうげ》のあと、二階にいる連中が階下の広間に呼ばれた。

玄蕃を中心に、茂助、銀蔵、それに遊び人ふうの若い男がふたり待っていた。二階から下りてきたのは千吉《せんきち》、勘助《かんすけ》、弥助《やすけ》、そして浪人の成瀬《なるせ》に駒之助だ。

「集まったか」

茂助が座を見回し、

「じつは冬二が今朝、不忍池の西岸で死体となって見つかった。刀で斬られていたようだ。下手人はまだわかっていねえ。相手は侍だ」

茂助は駒之助を見据え、

「駒吉」

と、声をかけた。

「へい」

「冬二と最後までいっしょだったのはおめえだ」

「へえ」

「じつはな、おめえを疑う者もいるんだ」

「なんですって。冗談じゃありませんぜ。なんであっしが冬二さんを殺さなきゃならないんですか」

駒之助はわざとむきになってみせる。

「冬二を本郷まで連れ出したのはおめえだ。おめえが本郷に用があると言ったから冬二が付き合ったんだ。そして、おめえはひとりで帰ってきた」

「茂助さん。そりゃ、あんまりだ。あっしは、ほんとうに冬二さんから先に行けと言われ、柳橋の船宿で待っていたんですぜ。でも、来ないので先に引き上げたんです。それに、冬二さんを斬ったのは侍じゃないですか」

「駒吉。ほんとうにおめえじゃないんだな」

茂助は念を押した。

「当たり前ですぜ。冬二さんとはここで初めて会ったんです。玄蕃さま」

駒之助はすがるように玄蕃を見て、

「信じてください。ほんとうにあっしじゃねえ」

と訴え、左の袖をたくし上げて、

「この桜の彫り物に懸けて、嘘偽りはありませんぜ」

「駒吉さん、よくわかりました。あなたは嘘をついていません」

玄蕃が穏やかに言う。

「駒吉、すまなかったな」

茂助が急に口調を変えた。

「皆が内心でおめえを疑うようなことがあってはいけないということで、玄蕃さまに頼まれてあえて厳しいことを言ったんだ。俺は最初からおめえを疑っちゃいねえよ」

「茂助さん」

駒之助は茂助に頭を下げた。

「皆、これでわかったか。冬二を殺したのは駒吉じゃねえ」

茂助が一同を見回し、

「何者が冬二を殺したのかはわからねえ。町方は下手人を探すと同時にホトケの身元を洗い出そうとしているはずだ。だが、俺たちは名乗って出られねえ」

「なぜですかえ」

千吉が口を入れた。

「おめえたちだ」

茂助は千吉から勘助、弥助、成瀬、そして駒之助と順に顔を見て、

「町方がここに入り込んだら、おめえたちはどうなるんだ？　おめえたちを匿《かくま》った玄蕃さまもお咎《とが》めをこうむることになる。だから、冬二には申し訳ないが、このまま捨てておかねばならない」

「皆さん」

玄蕃が茂助の言葉を引き取り、

「冬二さんは私のために命を懸けてくれた男です。私の考えをきっとわかってくれるはずです。よいですね、我々は明日の希望のために、今夜をもって冬二さんのことを忘れることとします」

そこで玄蕃は手を叩《たた》いた。

女たちが酒を運んできた。

「冬二の供養の酒だ」

酒が行き渡って、茂助が叫んだ。

「ささやかな通夜だ。この酒を飲んで冬二のことは忘れる。いいな」

「へい」

一同は返事をした。

駒之助はかえって緊張した。

やはり、玄蕃は何かをしようとしているのだ。冬二のことは、大事の前の小事というこのようだ。

その大事とはなんだ。何を企んでいるのかを探るように、駒之助は玄蕃の顔をじっと見つめていた。

二

翌日の夕方、金四郎はお忍びで奉行所を抜け出て、定町廻《まわ》り同心の飯野文太郎《いいのぶんたろう》と共に仲町の料理屋『吉乃家』にやって来た。まだ、開店前だ。

「ごめん」

飯野文太郎が呼びかける。金四郎は編笠をかぶったまま、文太郎の背後に立っていた。

文太郎は『吉乃家』の女中おきよ殺しの探索を続けていたが、現場から立ち去ったと思われる男が不忍池で殺されたことで、探索が行き詰まったのだ。

帳場から女将《おかみ》らしい小肥りの女が出てきた。

困惑したような顔で、

「また、何か」

と、女将はきいた。

「おきよのことだ。おきよに男がいたようだ。その男を知りたいのだ。おきよが接客した相手の名を知りたい」

「お客さまにご迷惑がかかりますので」

「おきよを殺した下手人を捕まえたくないのか」

文太郎が強い口調で言う。

「それは早く捕まえていただきたいですよ。でも、私どもも客商売でございますので、お客さまにおききしてからでないと」

「まだ、きいていないのか」

文太郎は呆《あき》れたように言う。

「何人かにはお話ししました。でも、名を出されるのは困るということでした。なにしろ、相手はお武家さまですから」

女将の態度が同心に対してかなり強気であることに金四郎は驚いた。

「客の中に、南町の本庄茂平次どのがいるようだが」

金四郎は口をはさんだ。

「さあ、どうでしょうか」

女将はとぼけた。

「どうでしょうかとはどういう意味だ？」

文太郎が怒鳴る。

「私の一存では答えられませんから」

「女将。わしの問いにも答えられぬか」

そう言い、金四郎は編笠をはずした。

「遠山《とおやま》さま」

声が裏返るぐらいに驚きを見せたので、金四郎は不審に思った。

「何をそのようにあわてふためいているのだ」

「いえ、その」

「女将。まさか、『吉乃家』ではこっそり高価な料理を出しているのではあるまいな」

金四郎はきいた。

文太郎は迫った。

「そうなのか」

「滅相もない」

女将は顔の前で手を横に振った。

「本庄茂平次どのはいつから来ているのだ？」

金四郎はきく。

「さあ、半年、いえ一年前から」

「鳥居どのも見えているのか」

「いえ、滅多には」

「滅多には？　来たことはあるのだな」

「…………」

「どうなのだ？　お奉行さまの問いにも答えられないのはやはりご禁制の料理を出しているからではあるまいか。お奉行、女将は必死に『吉乃家』の身代を守ろうとしているようですが、ならば、しょっぴいて隠していることを……」

「お待ちください」

女将はあわてた。

「鳥居さまはほんとうに数えるほどしかありません。よくいらっしゃるのはご家来です」

「鳥居どのの家来がよく来ていたと申すか」

金四郎は確かめる。

「はい」

「家来の名は？」

「小笠原《おがさわら》さまというお方ともうひとり」

一拍の間を置いて、女将が答える。

「小笠原なんという？」

「わかりません。ただ、皆さまが小笠原さまと呼んでいらっしゃったので」

女将は用心深く答える。

「もうひとりの名は？」

「わかりません。ただ、小笠原さまは虎と呼んでいました」

「虎？」

「はい。ですから、私たちも虎さまと」

「最近も来ているのか」

「いいえ、鳥居さまが南町奉行になられてからはお見えではありません」

「小笠原という家来はおきよとはどうなんだ？」

「よく知っていたと思います」

「本庄茂平次どのもおきよを知っているのだな」

「はい」

「小笠原どのや本庄茂平次どのにはどのような料理を出していたのだ」

「…………」

「どうした？」

「このご時世ですからたいしたものは出せません」

女将は俯《うつむ》いたまま言う。

「女将。まさか、『吉乃家』は格別な計らいで贅沢《ぜいたく》な料理を出すことが出来るわけではあるまいな」

一部の選ばれた者たち、ありていに言えば、鳥居耀蔵《ようぞう》に認められた者は格別な計らいによって贅沢な料理が味わえるのではないか。

「違います」

女将は首を激しく横に振ったが、やがて泣きだしそうな顔になった。

「やはり、出していたのだな」

「いえ」

「女将。偽りを申すと……」

「私が出したくて出したのではありません。小笠原さまが出せというので……」

女将が叫ぶように言う。

「当時はお目付だった鳥居さまの家来がご禁制の料理を出せとせがんだというのか」

金四郎は女将を問い詰めるようにきく。

「はい。お目溢《めこぼ》しするから隠れて用意しろと」

女将は渋々打ち明けた。

「では、ここに来れば高価な料理を食べられると一部では知られていたということか」

「………」

ふと、金四郎は思いついてきいた。

「馬喰町《ばくろちょう》の『結城屋』の主人はここに来ていたか」

『結城屋』はご禁制の品物を扱って儲けを得て、家の中にも贅沢品を揃《そろ》えていた。そういう男ならここにやって来て贅沢な料理を楽しんでいたかもしれないと思った。

「『結城屋』さんはいらっしゃっていました」

女将は認めた。

「ご禁制の料理を口にしていたのか」

「はい」

「『結城屋』に押込みが入り、主人夫婦が殺されたことを知っているか」

「痛ましいことでした」

「『結城屋』は誰とやって来ていたのだ？」

「小笠原さまら、鳥居さまのご家来衆とです」

「なに、小笠原　某《なにがし》とか」

「はい」

「当然、勘定は『結城屋』が出したのだろうな」

「はい。さようで」

「その他、鳥居さまのご家来衆と同席した商家はいるか」

「はい」

「どこだ？」

「米沢町にある紙問屋『美濃屋』の旦那です」

「美濃屋も小笠原某と共に来ていたのだな」

「そうです」

「その他には？」

「主には結城屋さんと美濃屋さんだけです。あとは一度だけのことが多いので」

女将はその店の名を言おうとしなかったが、隠そうとしたのか、それともとるにたらないと思ったのか、定かではなかった。

だが、『結城屋』と『美濃屋』が特に親しいことは窺《うかが》えた。

「ところで、おきよを殺した下手人は眉毛の濃い、顎の尖った遊び人ふうの男と思われる。そんな特徴の男を見かけたことはないか」

金四郎は思いついてきいた。

「いえ」

「店の様子を窺ったりしていたはずだが？」

「知りません」

「本庄茂平次どのがそのことでここにやって来たな？」

「…………」

「どうなんだ」

「はい」

「その男のことをきいてきたんだな」

「はい」

「本庄どのは、なぜそのようなことを気にしていたのだ？」

「おきよのことを知っていたので、気になさったのだと思います」

「それほど親しかったというわけか」

「いえ、それほど親しいというわけではなかったと……」

女将は否定する。

「それなのに、なぜ気にしたのか」

「わかりません」

「そうか。また、ききにくるかもしれぬ」

金四郎は言ったあとで、

「わしが来たことは本庄どのには黙っていたほうがよい。でないと、何もかも、女将がわしに喋《しゃべ》ったと思われかねない」

「は、はい」

女将は表情を強張《こわば》らせて答えた。

「邪魔をした」

金四郎は言い、踵《きびす》を返した。

門を出て、文太郎が口を開いた。

「お奉行、『結城屋』が押込みに入られたのと、おきよ殺しは何か関係があるのでしょうか」

「考えられる。それと、気になるのが『美濃屋』だ」

「まさか、『美濃屋』が次に狙われると？」

文太郎がはっとしたような表情できいた。

「わからぬが、そのことを頭に入れておいたほうがいいかもしれぬ」

「はっ」

「それから、どうも小笠原という鳥居どのの家来が気になる。おきよがときたま店を休んでいたのは男と会うためだろう。相手は小笠原某かもしれぬ。そのあたりを探ってくれぬか」

「わかりました」

文太郎と別れ、金四郎は単身で佐賀町から本所のほうに向かった。

仙台堀、小名木川を越えると、やがて御船蔵の前に出て、一ツ目弁天の境内にある木立が見えてきた。大鳥玄蕃の住いに通じる路地からぞろぞろと武士や町人が出てきた。

門弟たちだ。講義が終わったのであろうか。

武士は皆、本所のほうに向かう。ほとんどが本所の小普請組の御家人らしい。不良御家人たちが玄蕃の講義を聞くようになってから悪さをしなくなったという。

玄蕃には不思議な力がある。そんなことを思いながら、金四郎は一ツ目橋を渡った。南割下水《みなみわりげすい》のほうに向かう侍たちを見送り、両国橋を渡った。

そのとき、隣に並んだ煙草《たばこ》売りの男がいた。

「忠兵衛か」

「はっ」

「どうだ？」

「駒之助どのは出てきません。芝居町の由蔵《よしぞう》の家にも顔を出していません。外出を禁じられているのだと思います」

「出られるとしたら夜だろう。わしは『吉乃家』に行った帰りだ」

「何かわかりましたか」

「鳥居どのの家来が『吉乃家』を使っていた。その際、『結城屋』と『美濃屋』が同席していた」

　女将から聞き出したことを話してきかせた。

「『結城屋』とは押込みに入られた商家ですか」

「そうだ。おきよ殺しと『結城屋』の押込みは関わりがあるやもしれぬ。さらに、『美濃屋』だ。気になる」

「『美濃屋』が押込みの次の狙いに……」

　忠兵衛ははっとしたように言う。

「いちおう、頭に入れておくのだ」

「はっ」

　忠兵衛は橋の途中から引き返した。

　金四郎はそのまま橋を渡って、両国広小路に出た。

　芝居、南京あやつり、浄瑠璃《じょうるり》、寄席の小屋掛けなどがあって一大盛り場となっていたが、女浄瑠璃が禁止されたりして一時の賑わいはない。また今は床見世《とこみせ》の規制の動きもある。

　床見世とは板小屋の仮の店で、大きな橋の袂《たもと》の空き地や船の荷を積み下ろしする河岸地、堀端、そして火除け地などに建てられた。

商売する者は他に住み、営業のときにやって来て店を組み立て商売をする。小間物や食べ物を商う店が多い。

この床見世に改革の手が及ぼうとしている。床見世はその日暮らしの者たちが商売をしてきたが、最近では贅沢品まで扱う者が増えてきた。高価な品物を扱えば、下層の者たちまで奢侈になっていくというのが理由だ。

両国広小路の盛り場を過ぎ、金四郎は米沢町に入った。

『美濃屋』の大きな看板が目に飛び込んできた。金四郎は『美濃屋』の前を通る。客はそこそこ入っているようだ。

『美濃屋』が鳥居耀蔵と親しい間柄であれば、商売のほうも優遇されているかもしれない。表向きは質素を装っても、奥では贅沢品に囲まれていることも考えられる。

『結城屋』のようにだ。

押込みの賊がそのことを知っていたら、『美濃屋』も標的になりかねないと、金四郎は思った。

裏口に向かう路地に、棒手振りが入って行った。青物売りだ。担いでいるのは二十五前後と思える男だった。

金四郎はふと足を止めた。今の若い棒手振りを見つめている男に気づいた。三十代半ばぐらいの扁平《へんぺい》な顔で、目つきの鋭い男だ。

金四郎は向かいの商家の陰から男の様子を窺った。男は棒手振りを追うように路地に入った。

だんだん辺りは薄暗くなってきた。扁平な顔の男は『美濃屋』の様子を窺っているのではないか。

棒手振りが出てきたのは四半刻（三十分）後だ。籠の青物がきれいになくなっていた。『美濃屋』がすべて買い取ったようだ。

棒手振りは両国広小路のほうに向かった。扁平な顔の男が路地から出てきた。棒手振りの去った方角に歩きはじめたが、あとをつけている様子ではなかった。

金四郎は扁平な顔の男のあとをつけた。

その前を、棒手振りが歩いて行く。橋の上はひとの往来が激しい。夕暮れて、誰も足早になっているようだ。

だが、扁平な顔の男は悠然と歩いている。棒手振りの姿が人込みに消えても、気にならないようだった。

橋を渡り、棒手振りは亀沢町のほうに向かい、扁平な顔の男は竪川《たてかわ》のほうに行った。

金四郎は扁平な顔の男のあとをつける。一ツ目橋を渡ったとき、金四郎は間違いないと思った。

大鳥玄蕃のところだ。案の定、男は一ツ目弁天の脇の路地を入って行った。

金四郎はそのまま行きすぎる。御船蔵の塀に沿った堀沿いをしばらく歩いて行くと、忠兵衛が追いかけてきた。

忠兵衛は黙って並ぶ。

「『美濃屋』の裏口に向かう路地に棒手振りが入って行った。その棒手振りを見張っていた三十代半ばぐらいの扁平な顔の男がいた。その男のあとをつけたら、大鳥玄蕃の家に向かう路地に入って行った」

「その男ならときたま見かけました。なぜ、『美濃屋』を？」

「気になる。これから『美濃屋』を警戒したほうがいいかもしれぬ」

「はっ」

「それと棒手振りの男だ。二十代半ばだ」

「二十代半ば？」

忠兵衛が何かに気づいたようだ。

「大鳥玄蕃のところに出入りをしている二十代半ばの男がふたりいます。ひとりは赤銅色に日に焼けた男」

「いや、それほどではない。端整な顔立ちだ」

「それなら、もうひとりのほうの男です」

忠兵衛は頷《うなず》いて言う。

「棒手振りは亀沢町のほうに行った。あっちのほうの親方を訪ねれば、名前と住いが摑《つか》めよう」

「探してみます」

「頼んだ」

忠兵衛と別れ、金四郎はそのまま小名木川のほうに歩いて行った。永代橋を渡って、北町奉行所に向かうのだ。

天秤棒を親方に返し、初次は柳島町のマタタビ長屋に帰った。屋根から猫が二匹、こっちを見ていた。

一番奥の自分の家に入った。瓶《かめ》から水を汲んで飲み、杓《ひしゃく》を戻す。

きょうも『美濃屋』は野菜を全部買ってくれた。旦那にはまた会えなかったが、おみつに会えた。

先日あげた櫛《くし》をおみつはしていた。玄蕃からのもらいもので、少し後ろめたさはあったが、おみつがとても喜んでいたので、初次も仕合わせな気分だった。

一息ついて、初次は立ち上がった。

どうしても調べなければならない。長屋を出て、竪川まで行き、川沿いを大川のほうに向かう。

二ツ目橋を渡り、弥勒寺の前を過ぎ、小名木川に架かる高橋を渡った。右手に船宿が見えてきた。

三

初次は船宿の土間に入り、

「すみません。ちょっとお訊《たず》ねしたいのですが」

と、女将らしい貫禄《かんろく》の女に声をかけた。

「じつは数日前の夜、大工ふたりが舟を使ったのですが、覚えていらっしゃいますでしょうか」

「大工がふたり、覚えているよ。大工が舟に乗るのが珍しかったからね。急いでいるからと言っていたけど」

「じつは知りたいのが、そのあとで舟で、大工の舟のあとをつけた客のことなんです」

「おまえさん。なんでそんなこときくんだえ」

女将が不審の色を浮かべた。

「へえ、決して怪しいことじゃねえんです。ただ、大工の兄貴が、後ろからついてきた客を岸に上がって待っていたけど、とうとう現れなかったと言っていたんです。それで、ほんとうに客は兄貴たちの舟についてきたのかと思いましてね」

「間違いないよ、ついて行ったよ」

「そうですかえ。で、どんなひとでしたかえ」

「まるで岡っ引きだね」

「すみません。そうじゃねえんです」

あわてて言って、

「ひょっとして、胴長短足の侍じゃありませんか」

「お侍さまじゃないわ」

「違う？」

てっきり本庄茂平次ではないかと思っていたので、意外だった。

「まあ、話しても差し障りはないでしょうね」

女将は自分に言い聞かせるようにし、初次の顔を見た。

「四十ぐらいの鰓《えら》の張った顔のひとよ」

「鰓の張った顔？」

初次は耳を疑った。

「女将さん。何かの間違いじゃ……」

「間違いじゃないよ。私が応対したんだからね」

「そのひと、なんて言ったんですかえ」

「大工を乗せた舟のあとをついて行ってもらいたいと言っていたよ」

「…………」

「どうしたんだい」

「いえ、なんでも」

客が入ってきて、女将がそのほうに向かったので、初次は船宿を出た。


半刻後、初次は亀戸町の片隅にある呑《の》み屋の小上がりで酒を呑んでいた。大鳥玄蕃のところで呑んだ酒の味と比べたら酒と呼べるような代物ではない。だが、今夜も日傭取りや駕籠《かご》かき、棒手振りなどのその日稼ぎの者が安酒で酔っぱらっていた。

「どういうことなんだ」

またも、初次は呟いた。

さっきからぶつぶつ言っていた。冬二と駒吉が乗った舟を追ったのは四十ぐらいの鰓の張った顔の男だという。

茂助に違いない。なぜ、茂助がふたりのあとをつけたのか。茂助があとをつけたのなら、冬二を殺した相手を見ているのではないか。

しかし、そのような話は聞こえてこない。

「どうした、深刻そうな顔をして」

目の前に影が差した。

「松助か」

「何かあったのか」

松助は向かいに座り、小女に酒を頼んだ。

「冬二さんが殺されたことでちょっと……」

「あのひとが殺されたのは驚いたぜ。ひとを殺すことはあっても殺されることはないと思っていたからな」

「冬二さんはひとを殺したことがあるのか」

初次は松助の顔を見つめる。

「もののたとえだ。そんなことは知らねえ。ただ、冬二さんはかなり喧嘩《けんか》に強かったらしい。だから、滅多なことで殺されるはずはないんだ」

「相手はかなりの腕だということだな」

「そうなるな」

松助は答えてから、

「なぜ、そんなに冬二さんのことを気にするんだ?」

「うむ」

初次は猪口《ちょこ》を口に運ぶ。

「おい、何があったんだ?」

松助は問い詰める。

初次は猪口を膝の前に置いて、

「南町の内与力の本庄茂平次を知っているか」

「本庄茂平次?　いや、知らねえ」

松助は首を横に振る。

「南町奉行鳥居さまの家来だ」

「本庄茂平次がどうかしたのか」

「いつぞや、深川の仲町を流しているとき、本庄茂平次に呼び止められたんだ。眉毛の濃い、顎の尖った遊び人ふうの男を見かけたことはないかときかれた」

「眉毛の濃い、顎の尖った遊び人ふうの男？　冬二さんのことか」

「俺も一瞬そう思った。だから、知らないと答えた」

「なぜ、冬二さんのことを探しているんだ？」

「正月の十日、深川の仲町にある料理屋の『吉乃家』の女中が堀端で匕首《あいくち》で刺されて殺された。逃げて行く男を見ていた者がいた。眉毛の濃い、顎の尖った遊び人ふうの男だったそうだ」

「冬二さんが殺《や》ったと言うのか」

「いや。たまたま冬二さんと逃げて行った男の特徴が似ていただけだと思う。でも、本庄茂平次は冬二さんを見つけたら下手人だと思い込むかもしれない」

「本庄茂平次が冬二さんを殺ったと思っているのか」

「わからねえ。というのは……」

茂助のことを言い出そうとして、初次ははっとした。松助から茂助に話が伝わってしまう。船宿に行って調べたことを知られるのはまずいような気がした。

「どうした？」

松助は催促する。

とっさに初次は口にする言葉を変えた。

「というのは、本庄茂平次が女中殺しの下手人に復讐するなんて考えられないからだ。捕まえるのならわかるが、殺してしまったらなんにもならねえじゃねえか」

「確かにそうだ。本庄茂平次と女中が出来ていたら、復讐も考えられるが……」

「そうだな。ふたりは出来ていたんだろうか」

初次はあえて松助に話を合わせた。

「まあ、俺たちがいくら考えたってわかることじゃねえ」

松助は割り切って言う。

「玄蕃さまはどう思っていらっしゃるんだろうか。冬二さんは誰に殺されたと考えているんだろうか」

初次は口にする。

「なぜ、そんなに気にするんだ？」

松助は眉根を寄せて言い、

「冬二さんのことは俺たちがあれこれ考えても仕方ねえことだ。玄蕃さまがお考えになるだろう」

と、諭すように言う。

「そりゃそうだが、ちと心配なのは玄蕃さまのことをよく思わない連中がいるんじゃないかと思ってな」

「そんな者がいるわけない」

「それならいいんだが……。玄蕃さまに逆らう連中の仕業だとしたら、また何かあるんじゃないかと心配になるんだ」

初次はふと思いついて、

「茂助さんはこの件で何か言ってなかったか」

と、松助の顔を窺う。

「冬二は以前にひとの恨みを買っていたから仕返しされたんだ、と言っていたぜ」

「茂助さんが？」

「そうだ」

「茂助さんがそう言うなら、そうかもしれないな」

茂助は舟で冬二のあとをつけたことを隠しているようだ。改めて、松助に言わずにいてよかったと思った。

「酒がねえな」

徳利《とっくり》が空なのを確かめて、

「おい、姐《ねえ》さん。こっちに酒だ」

と、松助は呼びかけた。

「それより、そのうち玄蕃さまはおめえに頼みごとをするそうだ」

「玄蕃さまが俺に頼みごと？　まさか」

初次は自嘲ぎみに笑い、

「俺には玄蕃さまのお役に立てるものなんか何もねえ」

「そうかな」

「松助、何か知っているのか」

「いや、知らねえ。ただ、茂助さんがそのようなことを言っていたんだ」

「そうか」

初次は駒吉が気にしていたことを思いだして、

「松助は日傭取りになる前、大店《おおだな》に奉公していたんだったな」

と、さりげなくきいた。

「そうだ」

「どこだったんだ？」

「店か」

松助は口の端を歪《ゆが》め、

「忘れた」

「忘れた？」

「いや、思いだしたくないんだ」

「そんな辛《つら》かったのか」

「ああ、番頭や手代にもさんざんいじめられたぜ。旦那なんか見て見ぬ振りだ」

「そうか、ひでえ話のようだな」

「ああ、だから思いだしたくもねえ」

「わかる気がするぜ」

「そうか」

松助はにやりと笑い、

「まあ、そのうち話せるときがくる。そうそう、また明日、夜に集りがある」

「わかった」

「それより、おめえはおみつさんとはどうなんだ？」

松助が真顔できく。

「どうって？」

「所帯を持つ約束をしたのか」

「まだだ。まだ、そんなこと言えやしない」

「どうしてだ？　早くしないと、横取りされるぜ」

「…………」

「自分の気持ちだけでも伝えておくんだな」

松助はにやつきながら言う。

「じゃあ、俺は先に引き上げる」

松助は小上がりから下り、

「姐さん。勘定だ」

と、小女を呼んだ。

松助が引き上げてから初次も腰を上げた。

長屋に帰って、ふとんを敷く。土間には天窓からの星明かりが射し込んでいるが、部屋のほうは暗い。

ごろんと仰向けになって、天井を見る。目が馴《な》れてくると、ぼんやり節穴が見えた。柘植《つげ》の櫛も喜んでくれた。おみつは俺の気持ちをわかっていると、初次は思ったが……。松助の言うとおりだ。よし、明日思い切って打ち明けてみよう。

そう思って安心したとたん、茂助のことに思いが向かった。

動きが解せねえと、茂助が舟であとを追ったことが気になった。なぜ、茂助はそのことを隠しているのだ。

隠していることから、冬二の死に茂助が絡んでいるような気がしてならない。冬二と茂助の間に何かの確執があったのではないか。

玄蕃に相談してみようか。だが、その前に、駒吉の意見を聞いてみたいと思った。

翌朝、亀沢町の親方のところから天秤棒を借り、市場から野菜を仕入れ、初次は両国橋を渡った。

神田のほうから日本橋、浜町を経て馬喰町に差しかかったのは昼下がりだった。

呉服問屋『結城屋』の前を通った。押込みがあって主人夫婦と番頭、それに手代の四人が殺され、土蔵が破られたということだった。

倅《せがれ》が跡を継ぎ、商売を再開したが、あまり流行《はや》っていないようだ。凄惨《せいさん》な事件を思いだして、客も尻込みをしているのか。それとも、家の中が贅を凝らした造りだったことを知って反発しているのか。押込みはまだ捕まっていないようだ。

裏長屋の路地に入って行き、振り売りの声を張り上げる。すると、長屋のかみさんが集まってきた。

初次は荷を置いて、

「いい大根があります」

と、薦める。

「じゃあ、大根もらおうかしらね」

ひとりが言うと、私もと続いた。

そこそこ捌《さば》けた。

「ありがとうございました」

初次は天秤棒を担いで長屋木戸を出て行った。

裏長屋をいくつかまわりながら米沢町の『美濃屋』にやって来た。いつものように裏口にまわり、声を張り上げる。

しばらくしておみつが戸を開けて顔を出した。

「おみつさん」

初次は思わず歩み寄った。

「さあ、どうぞ」

初次は中に入るとき、前にいるおみつの髪に柘植の櫛が挿してあるのを見た。

「おみつさん。俺……」

思わず、初次は声を出した。

「なに?」

おみつが振り返る。

「いや、なんでもねえ」

初次は頭を振った。思いの丈を口にすることは出来なかった。

おみつは怪訝《けげん》そうな顔をした。

そのまま、台所に行った。

女中頭のおまさが待っていて、また野菜を全部買ってくれた。

「いつもすみません」

「いいのよ。うちは奉公人が多いから野菜はいくらあっても無駄にならないから」

おまさは微笑《ほほえ》んで言う。

「旦那さまにくれぐれもよろしくお伝えください」

「ええ。旦那さまも初次さんが元気で顔を出してくれるのがうれしいみたいよ」

「ありがたいことです」

「じゃあ、きょうのぶん」

「いつもすみません」

代金を受け取り、初次は引き上げようとして、ふと本庄茂平次のことを思いだした。

「おまささん」

初次は声を落とし、

「じつは先日、引き上げるとき、お店から南町奉行所の本庄茂平次という内与力が出てきました。本庄さまは鳥居さまのご家来。何か、『美濃屋』に目をつけているのかと不安になりました。難癖をつけられて……」

「初次さん、だいじょうぶよ」

「えっ」

「本庄さまは旦那さまにお会いにいらっしゃったのです。お仕事で来ているのじゃないですから安心して」

「仕事じゃない？」

「そうよ。旦那さまは昔から鳥居さまともご昵懇《じっこん》の間柄」

「そうなんですか」

意外だった。

「だから、心配いらないのよ」

「わかりました」

初次は胸をなでおろした。

一度、ご禁制の品物を売ったとして、小間物屋の主人が町方にしょっぴかれるのを見たことがあるので悪い想像をしたが、どうやら取り越し苦労だったようだ。

「安心しました。じゃあ、失礼します」

「あっ、おみつ。裏口を閉めてきなさい」

おまさが隅に佇んでいたおみつに言う。

「はい」

おみつが弾んだ声を出した。

初次はおみつといっしょに裏口に向かった。

またふたりきりになって、初次は急に心ノ臓がどきどきしていた。なぜか、自分の気持ちが抑えきれなくなっていた。

「初次さん、どうかなさったのですか」

おみつが立ち止まって不思議そうにきいた。

「おみつさん」

思い切って打ち明けるのだ。初次は自分を叱咤《しった》した。

「俺……」

自分でも、顔が強張っているのがわかった。

「どうしたの？　そんな怖い顔して」

おみつが真顔になった。

「いつか俺が店を持ったら、俺の嫁になってくれ」

言ったあとで、初次ははっとした。

「俺、何を言っているんだ。すまねえ、忘れてくれ」

おみつが泣きそうな顔をしているのを見て、初次はあわてて言う。

「すまねえ。俺、また出直す」

急いで裏口を出ようとしたとき、おみつの声が聞こえた。

「私でいいの?」

初次は振り返った。

「ほんとうに私でいいの?」

「おみつさん」

初次は信じられない思いで、おみつを見つめていた。

四

下城した金四郎がこの日、三つ目の裁きを終え、お白洲から用部屋に戻ると、忠兵衛が待っていた。

金四郎は忠兵衛と向かい合った。

「今朝、亀沢町の親方のところで確かめてきました。棒手振りは初次という男で、天神橋の手前にある柳島町のマタタビ長屋に住んでいるそうです」

忠兵衛は続けた。

「真面目な若者だそうで、あのような者が、どうして大鳥玄蕃のところに出入りをしているのかわかりません」

「大鳥玄蕃にとっては初次が必要なのだ。玄蕃は初次に何をさせようとしているのか」

「お奉行」

忠兵衛が厳しい表情で、

「昼間、『美濃屋』を探っていたところ、また初次がやって来ました。裏口から入って行きました」

「『美濃屋』に野菜を買ってもらっているのだな」

「はい。それで、それとなく『美濃屋』の女中にきいたところ、初次は『美濃屋』

の主人と同郷だそうです。それで、主人が初次に目をかけているそうです」

「なるほど。それで、『美濃屋』に出入りを許されているのか」

「はい。それから」

と、忠兵衛は続ける。

「初次は、おみつという女中と仲がいいようです」

「女中……」

金四郎は眉根を寄せた。

「『美濃屋』は鳥居どのと繋《つな》がりがある。『結城屋』と同じだ」

「では……」

「もしかしたら、『結城屋』の押込みの黒幕が大鳥玄蕃かもしれぬ。だとしたら、次の狙いは『美濃屋』に間違いない」

「大鳥玄蕃の家は押込みの巣窟だということでしょうか」

「そうなる」

「由々しきこと」

忠兵衛が唸《うな》った。

「大鳥玄蕃のところに出入りをしている二十代半ばの男がもうひとりいたな。その男が『結城屋』に関係しているかどうか調べてくれ」

「おそらく、その男は松助という名だと思います。長屋の住人の話では、よく初次を訪ねてくる色の黒い男がいて、松助という名だと言っていました」

「松助か。よし、松助と『結城屋』の関係だ」

「わかりました」

だんだん、大鳥玄蕃の正体が見えてきた。

「なんとか駒之助と連絡を取り合いたいものよ」

金四郎は駒之助に思いを巡らせた。


夜になって、一階の広間に全員が集まった。床の間を背に、玄蕃が座っている。その横に茂助だ。

駒之助は下座についた。用ありげな様子で、横に初次が並んだ。冬二がいなくなって、十二人になった。

酒が振る舞われた。が、まだ料理は出ない。

頃合いを見計らったように、

「皆、聞いてくれ」

と、茂助が口を開いた。

「今夜は玄蕃さまから大事なお話があるので集まってもらった。酒を中断し、玄蕃さまの話を聞くように」

茂助は玄蕃に会釈をした。

「私はご改革の動きをずっと注視してきました。しかし、ますます悪いほうに向かっています。奢侈禁止令が出て贅沢は出来ないはずですが、一部の商人は質素を装いながら、裏では贅沢な暮らしを続けています。家は贅を凝らした造りで、庭にも金をかけています。選ばれた料理屋は贅沢な暮らしを続けている商人や大身の武士らに豪勢な料理を出している。南町奉行に鳥居甲斐守が就いてからはますます弱い者いじめの抑えつけと、一部の選ばれた商人たちの……」

駒之助はなぜ、玄蕃がこのようなことを言いだしたのかと疑いを持った。

「やがて、ひと返し令が出されましょう。いずれ、ここにいる皆は国に帰らされるか、寄場送りか、はたまた牢屋敷に逆戻りか」

玄蕃は一同を見回し、

「我らが立ち上がるときが近づいているようです。ぜひ、皆の力をお借りしたい」

「何をやるんですかえ」

勘助がきいた。

「時期がきたらお話しします。ただ、今は私についてきてくださるかどうか、その気持ちを確かめたいのです」

「もちろんついていきますぜ」

千吉が口にする。

「あっしだって」

弥助と勘助が続いた。

「わしだって」

浪人の成瀬が息巻いたように言う。

「あっしもついて行きます」

駒之助も訴えるように言う。

「ありがとう」

玄蕃は頭を下げた。

「松助と初次はどうなんだ？」

茂助がふたりに声をかけた。

「言うまでもねえ。玄蕃さまにどこまでもついて行きます」

「あっしだって」

初次の声は震えを帯びていた。

「よし」

茂助が満足げに頷き、

「玄蕃さまのもと、世の中をよくするために立ち上がるんだ」

と、締めくくった。

玄蕃が手を叩くと、料理が運ばれてきた。

「駒吉さん」

初次がそっと呼びかけた。が、顔は前を向いたままだ。

「なんだえ」

駒之助も初次に目を向けずに応じた。

「あとの舟、茂助さんだった」

「茂助……」

駒之助は耳を疑った。

茂助が舟で冬二と駒之助のあとを追ってきたのか。なぜだ。駒之助の動きを見張るためか。だったら、冬二に隠す必要はない。冬二もつけられていたことに気づいていたが、誰だかは知らなかった。

冬二に隠れて、なぜあとをつけたのか。

本妙寺の前で、いきなり冬二は立ち止まった。あれは茂助を見たからだろうか。

ふたりの間に何か確執があったのか。

いいや、そんなはずはない。茂助は大鳥玄蕃の番頭役だ。仮に、冬二のことが嫌いであっても、玄蕃の決起を前にして冬二の力も必要なはずだ。

やはり、茂助が冬二を殺す理由がない。それに、冬二は刀で斬られているのだ。

茂助の仕業だとしたら、別に侍がいることになる。

「玄蕃さまにこのことを話したほうがいいだろうか」

初次は囁《ささや》くようにきく。

「それは待て」

駒之助は引き止めた。

ふと目の前に影が差した。はっと顔を上げると、茂助が目の前に座った。

「さあ」

茂助は徳利を摑んだ。

「すまねえ」

駒之助は猪口を空けて差しだす。

「何だか屈託があるようだな。まだ、冬二のことが頭から消えないのか」

茂助が鋭い目を向けた。

「へえ。だってあっしが本郷に行きたいと言ったばかしに冬二さんはあんな目に
……」

駒之助は沈んだ声で言う。

「冬二は誰かに恨みを買っていたんだ。おめえといっしょだったときに災難に遭ったが、それはたまたまだ。おめえが気にすることはねえ」

「じつはあんとき、舟から岸に上がって本郷に向かっているとき、冬二さんは変な

ことを言っていたんだ」

「変なこと？」

「うしろを気にしたんで、どうしたのかってきいたら、舟がついてきたって。あっしは気づかなかったから、冬二さんの気のせいだとばかり思っていたんだ。あのとき、あっしももっと気をつけていたら……」

「そうか。やはり、冬二は誰かに恨みを買っていたんだろう。奴は勝手にひとりで動き回ることがあったからな。これも冬二の自業自得だ。おめえが気にすることはない」

「へえ」

頷き、駒之助は猪口の酒を呷《あお》った。

「初次」

茂助は今度は初次に顔を向けた。

「へえ」

初次が応じる。

「『美濃屋』の女中とはどうだ？　うまくいっているのか」

茂助がきいた。

「へえ、おかげさまで」

「だが、相手は女中だ。年季奉公だったら、年季明けまで所帯は持てねえぜ。そのあたりはどうなんだ？」

「さあ」

「なんだ、知らないのか」

「へえ」

「今度会ったら、調べておくんだな」

「わかりました」

茂助は別の場所に移動した。

「初次さん。『美濃屋』の女中と恋仲なのか」

駒之助は声をかけた。

「まあ」

照れたように酒を注ぎ、初次はいっきに呷った。

そんな初次を見て、駒之助はふいに不安を芽生えさせた。

なぜ、玄蕃は堅気の初次を仲間に引き入れたのか。まさに、このことではなかったのか。玄蕃は何かを企んでいる。

「松助がどこに奉公していたかきいたか」

駒之助は初次にきいた。

「いや。教えてくれなかった。番頭や手代にもさんざんいじめられたので、思いだしたくないということだった」

「そうか。じゃあ、こうきいてみてくれ。馬喰町の『結城屋』に奉公していたんだってなと」

「馬喰町の『結城屋』？」

初次の顔色が変わった。

「『結城屋』って、先だって押込みがあったところじゃ……。どうして……」

「しっ、茂助がこっちを見ている」

茂助は浪人の成瀬のところにいた。

駒之助は徳利を摑み、初次に笑いかけながら酌をした。

「冗談を言い合っているように笑いながら聞け」

茂助の視線がときたまこっちに這《は》う。

「顔色を変えるな。今度、『美濃屋』に押込みが入るかもしれない。笑え」

駒之助は笑った。初次も顔を手で隠して笑いを装った。

それから四半刻あまりで散会になった。

駒之助は酔ったふうを装い、庭に出た。梅の木のそばに行く。花は残っているが、葉が出てきていた。

「駒吉さん」

初次が近づいてきた。

「さっきの話、どういうことなんだ？」

「まだ、はっきりとわからねえ。だが、いずれ玄蕃さまから何か言われるはずだ。言われたとおりにすると返事をするんだ。逆らうな」

「まさか、玄蕃さまが……」

「わからねえ。だから、それを確かめるんだ。いいな、逆らうな」

駒之助は念を押す。

「わかった」

初次は離れて行った。

代わって千吉がやって来た。

「ここが好きだな」

「ああ、屋敷の中は閉じ込められているようで気が晴れない」

駒吉は口許《くちもと》を歪めた。

「そうだな。これじゃ、牢屋敷にいるときと大差ねえ」

千吉がうんざりして言うのを、

「いや、手足を伸ばして眠れるし、酒も呑める。牢屋敷とは雲泥の差だ」

と、駒之助はなぐさめた。

「そりゃそうだが……」

千吉が不満そうに、

「女の肌が恋しい」

と、呟いた。

「女か……」

ふと、駒之助は思いついたことがあった。

「千吉さんは佃町《つくだちょう》の女郎屋に馴染みがいるんだってな」

「馴染みにはなっていない」

「でも、会いたいだろう」

「ああ、また来ると言って引き上げてきたんだ。だが、町方に見つかる恐れもあるからな。行きたいのはやまやまだが……」

「ふたりで行ってみねえか」

駒之助はそそのかし、

「俺も女の肌に触れてえんだ」

「しかし、見つかったら……」

千吉は臆した。

「あの茂助って男、なんだか無気味だからな」

「一刻（二時間）足らずで帰ってくるんだ。わかりゃしねえ」

駒吉はさらにけしかける。

「そうだな」

千吉はその気になった。

が、すぐ吐息をもらし、

「無理だぜ。この家を出ても路地には屋台の亭主が目を凝らしているんだ」

「裏は武家屋敷だ。塀を乗り越え、武家屋敷の中から反対側の塀を乗り越えて行けばなんとかなる」

「武家屋敷に入って見つかったらおしまいだ」

「うまくやる。行こうぜ、女のところに」

「よし、やろう」

千吉もようやく決心した。

千吉といっしょならあとでわかっても女郎屋だという言い訳が立つとの計算があった。ふたりはいったん、二階の部屋に戻った。

勘助と弥助、それに浪人の成瀬が同じ部屋にいる。

ふたりで示し合わせたように、まず千吉が口火を切った。

「聞いてくれ」

「なんでえ、改まって」

弥助が顔を向けた。

「俺と駒吉さんはここを忍んで出て佃町の女郎屋に行ってくる。目を瞑《つぶ》っていてくれ」

「やめとけ」

部屋の隅にいた成瀬が口をはさんだ。

「見つからないように行きやす」

駒之助は成瀬に言う。

「無理だ」

「路地から行かねえ。武家屋敷の塀を乗り越え、庭を突っ切って反対側の塀を乗り越えて行けばなんとかなるんじゃねえですか」

「無理だ」

また、成瀬は同じことを言った。

「なぜ、ですね」

駒之助はきいた。

「裏の武家屋敷の当主は旗本の関本兵庫《せきもとひょうご》というお方らしいが、どうやら玄蕃どのと昵懇のようだ」

「えっ？」

駒之助ははっとした。

「どうしてそのことがわかったんですかえ」

「じつは俺もおぬしたちと同じことを考えたのだ。塀の向こう側はいくつも鳴子が仕掛けられている。暗闇で鳴子を避けて通るのは無理だ。だから、俺は諦めた」

「………」

「それからあの塀の端の植込みの中に戸がある。そこから、ときたま玄蕃どのは隣に行っている」

「なんと」

「関本兵庫と会っているのではないか。万が一、ここに町方が踏み込んできたら、隣に逃げ込む算段が出来ているのではないか」

「くそっ」

千吉が地団駄を踏んだ。

「もう少しの辛抱だ。玄蕃どのはことを起こすだろう。それが済めば、自由だ。それまでは庇護《ひご》を受けている身。おとなしくしていることだ」

「成瀬さまは、どういう縁でここに?」

「俺か」

成瀬は自嘲ぎみに笑い、

「俺は食いっぱぐれて辻斬りを働いた。回向院《えこういん》裏で刀を突き付けた相手が玄蕃どのだった。あのお方のひとの心を慰撫《いぶ》するような言葉に魅了され、ここに住み着いたんだ。去年の十一月の末だった」

「そうですかえ」

駒之助はふっと全身の力を抜き、

「成瀬さまが仰《おっしゃ》るなら無理だ。諦めるしかねえな」

と、千吉に言う。

「仕方ねえ」

千吉は大きくため息をついた。

関本兵庫とは何者なのか。忠兵衛に伝えたいことがいくつもあるのに自由になれない。駒之助は焦りを覚えてきた。

五

　翌日、登城前に金四郎は用部屋に、隠密同心の田沢《たざわ》忠兵衛、定町廻り同心の飯野文太郎と梅本喜三郎《うめもときさぶろう》を呼び寄せた。

「松助は、やはり『結城屋』に二十歳《はたち》まで奉公していました。奉公人の話では仕事がのろく、主人から暇を出されたそうです。下男の三蔵《さんぞう》という男と親しかったそうで、その三蔵は押込みがあったあと、店をやめています」

「どうやら、その三蔵が松助に頼まれ、中から鍵を開けて賊を引き入れたようだな」

「そうに違いありません」

「火盗改《かとうあらため》のほうはどうなんだ？」

　梅本喜三郎にきく。

「火盗改はかつて暴れた盗賊のほうから探索しているようですが、まったく手掛かりを摑めていません」

「大鳥玄蕃が黒幕だとしたら、火盗改のやり方は通用せぬ」

金四郎は厳しく言い、

「これで、次の狙いは『美濃屋』とみて間違いあるまい」

言い切って、

「『結城屋』といい、『美濃屋』といい、鳥居どのと繋がりが深いようだ。『美濃屋』への対応は南町と協力せねばなるまい。押込みへの対策は鳥居どのと相談して決める」

「はっ」

「ただし、まだ大鳥玄蕃のことは秘しておく。へたに話したら、強引に踏み込んでしまいかねないからな」

「不忍池のホトケの身元はわかったのか」

金四郎は梅本喜三郎にきいた。

「申し訳ありません。いまだ」

喜三郎は頭を下げて言う。

「そうか」

「ただ、ホトケの動きがわかってきました。湯島の切通しで本郷のほうからホトケらしい男が四十年配の男と歩いてきたのを見ていた者が見つかりました。それで本郷のほうに辿《たど》っていくと、菊坂町でホトケが三十前の遊び人ふうの男といっしょにいるのが目撃されていました」

「三十前の遊び人ふうの男？」

「駒之助どのかと思われます」

「何をしに行ったのか」

　金四郎は首を傾げた。

「駒之助どのと思われる男から長屋の住人が、この近くに『丸太屋』という下駄屋はないかときかれたそうです」

「『丸太屋』という下駄屋？」

「はい。ひと月前に借金の形にとられて今はないと言うと、がっかりしていたそうです。そのとき、連れの男が無気味だったと言っていました。それが殺された男です」

「そこまでは、駒之助といっしょだったのか」

「はい。どういうわけか湯島の切通し辺りでは四十年配の男といっしょでした」

「そうか。しかし、よく調べた」

「はっ」

喜三郎は低頭した。

「すまぬが、『丸太屋』について調べてくれぬか。駒之助がなんのために『丸太屋』を訪ねたかを知りたい」

「わかりました」

「おきよ殺しのほうはどうだ?」

金四郎は飯野文太郎に声をかけた。

おきよを殺したのが不忍池西岸で死んでいた男だということはほぼ間違いなかった。だが、その男とおきよとの関係が不明だった。

「おきよはたまに『吉乃家』を休んでいましたが、そのときはいつも深川の洲崎弁天の境内にある茶屋の奥の部屋で侍といっしょに過ごしていたようです」

「侍か」

「頭巾をかぶっていて茶屋の者も顔を見ていませんが、『吉乃家』に来ていた客、おそらく鳥居さまのご家来かと思われます」

「そうであろう。で、おきよはなぜ殺されたのだと思うか」

「されば」

　文太郎は身を乗り出すようにして、

「下手人はおきよの相手の侍の名を聞き出そうとしたのではないでしょうか。あるいは、その侍といっしょに来ていた『結城屋』と『美濃屋』のことを聞き出したのでは」

「うむ、十分に考えられる」

　金四郎は顎に手をやり、

「鳥居どのと親しい大店を狙おうとしている。そういう店なら、奢侈禁止令をすり抜けて贅沢をしているとでも思ったか。いずれにしろ、大鳥玄蕃の視線の先には鳥居どのがいるようだ」

　金四郎はそう思ったが、まだ何かしっくりこないものがあった。牢屋敷からやって来た千吉と弥助は博打と人妻との密通で捕まったのだ。そんなふたりが押込みの役に立つとは思えない。

どうも他に役目があるように思えてならない。

金四郎は登城した。老中と若年寄の部屋と廊下を隔ててある中之間に入って行く。寺社奉行や大目付、勘定奉行などが来ていたが、鳥居耀蔵の姿はなかった。だが、金四郎が着座したとき、耀蔵がやって来た。

金四郎は扇子を持った手を隣に当て、横に来るように合図をした。

耀蔵はいかめしい顔つきでやって来た。

「甲斐守どの。お話がございます」

金四郎は小声で切りだす。

「何か」

耀蔵が顔を向けた。

「先だって、深川仲町の『吉乃家』のおきよという女中が殺された件で、お訊ねになった下手人ですが」

「殺されていたそうだな。聞いておる」

「さようでございますか。一介の料理屋の女中が殺された件を甲斐守どのがお気になさっていたのを不思議に思っておりましたが、『吉乃家』は甲斐守さまのご家来衆がよくお使いになっていたと知り、合点がいった次第でございます」

「何が言いたい」

耀蔵が顔をしかめた。

「馬喰町の『結城屋』が押込みに襲われました。火盗改の懸命な探索にもいまだ手掛かりが掴めぬ様子」

「予想以上に苦しんでいるようだな」

火盗改を嘲笑するように、耀蔵は口許を歪めた。

「押込みは『断罪』と書かれた貼り紙を残していました。『結城屋』の屋敷の奥や庭はかなり贅を尽くした造りになっていたそうにございます」

耀蔵は刺すような目を向けてくる。

「そのことを御存じでいらっしゃいましたか」

「知らぬ。知るわけはない」

耀蔵は撥《は》ねつけるように言い、

「遠山どの。何が言いたいのだ?」

と、いらだったようにもう一度きいた。

「『吉乃家』にて、甲斐守どののご家来が『結城屋』とよく会食していたとお聞きしましたが、まことでございましょうか」

「詳しいことは知らぬ」

「ご家来は『結城屋』以外に『美濃屋』ともお会いしているそうにございますね」

「…………」

「甲斐守どのは『美濃屋』を御存じでいらっしゃいますか」

勘定奉行が呼ばれて立ち上がった。老中の用部屋に赴くのだ。

「いかがでしょうか」

「このような場所でする話ではないだろう」

「ごもっともでございますが、ことは急を要します。我らの探索において、次に押込みに狙われるのは『美濃屋』でないかと思っております。それも近々」

「なに？」

耀蔵の鋭い目が光った。

「早く手を打たないとたいへんなことになります。南北手を合わせ、押込みを防がねばなりません。今夜、この件で南町をお訪ねしたいのですが」

「わかった」

耀蔵は憤然として答えた。


その夜、金四郎は数寄屋橋御門《すきやばしごもん》内の南町奉行所に赴いた。

金四郎は式台に上がったが、迎えた内与力のひとりに本庄茂平次がいた。三十そこそことも四十を越しているとも見える大きな鼻の男だ。

金四郎は茂平次の前で足を止めた。

「そのほうには何度か会っているように思えるが」

「恐れ入ります。このような顔、ざらにありますればおひと違いかと」

「そうか、もっともそのときは饅頭笠をかぶっていて顔は見えなかったがな」

金四郎を襲撃したときのことを持ちだした。

「…………」

「そうそう」

行きかけた金四郎は思いだしたように茂平次に視線を戻した。

「もう知ってぃようが、そなたが探していたおきよ殺しの下手人は不忍池西岸で殺されていた」

「なんのことか」

「そうか。知らぬのか。不思議よのう」

金四郎は茂平次の顔を見た。

「まことに不思議でございます」

いけしゃあしゃあと、茂平次は答えた。

「そなたに似た武士が眉毛の濃い、顎の尖った遊び人ふうの男を探していた。下手人は侍のようだ。北町としては、その武士も怪しいと睨《にら》んで探索を進めている」

金四郎が威《おど》しをかけると、茂平次の顔色が変わった。

金四郎は別の内与力の案内で、客間に通された。

しばらく待って、耀蔵がやって来た。

横にさっきの本庄茂平次が座った。

「聞こう」

耀蔵が促した。

「されば」

金四郎は茂平次に顔を向けてから、

「押込みは『断罪』と書いた紙切れを残したように、奢侈禁止令を逃れて贅沢をしている商家に狙いを定めていると思われます。仲町の『吉乃家』に客で来ていた『結城屋』はまさにそのとおり。そして、同じように『吉乃家』の客だった『美濃屋』を調べてみると、家の内部はかなりの贅を凝らしているとわかりました」

「…………」

「『吉乃家』に客で来ていた『結城屋』が襲われたあと、今度は『美濃屋』ではないかと考え、『美濃屋』を張っていたところ、ある事実がわかりました」

耀蔵の眉がぴくりと動いた。

「初次という棒手振りがおります。この初次は『美濃屋』の主人と同郷で、主人は初次に目をかけ、品物を買ってやっています。この初次は『美濃屋』のおみつという女中と恋仲のようです」

耀蔵と茂平次はじっと聞いていた。

「この初次に近づいている男がおります。この男と初次の取り持ちをしたのが松助という初次の友人です」

金四郎は一拍の間を置き、

「この松助は今は日傭取りですが、五年前まで『結城屋』で奉公していました」

「なんと」

声を上げたのは、茂平次だった。

「松助は仕事が出来ないということで、主人から暇を出されたそうです。その松助と親しかった下男の三蔵という男がおります。押込みのあと、この三蔵は姿を晦《くら》ましています」

「松助の依頼で、三蔵が裏口を開けて賊を引き入れたというのか」

「そうです。同じことが、今度は『美濃屋』で起こるはずです。初次は夜中におみつと会おうとするのではないでしょうか。初次は騙《だま》されていることに気づいていないのです」

金四郎はあくまでも初次は利用されているだけだと強調した。

「もし、『美濃屋』が襲われたら、また『断罪』の貼り紙が残されるでしょう。世間は、贅沢をしている『美濃屋』には同情をしないかもしれません。つまり、押込みの賊に大義名分を与えてしまうことになります。なんとしてでも、『美濃屋』への押込みを防がねばなりません」

「わかった」

耀蔵は厳しい顔で頷いた。

「この本庄茂平次は『美濃屋』の主人と顔見知りだ。さっそく今夜から茂平次を『美濃屋』に送り込む。あと、下男に化けさせて何人かを庭に待機させる」

「わかりました。我ら北町は……」

「遠山どの。この件は南町主導で行なわせていただく」

耀蔵は強い口調で言う。

「わかりました。それでは、我ら北町は遠くからの巡回程度にしておきます」

「そうしてもらおうか」

耀蔵は口許を歪めて言う。

金四郎は譲歩したわけではなかった。はじめから『美濃屋』の警護は南町に任せ、北町は大鳥玄蕃を見張るつもりだった。

「ところで」

金四郎は口調を改めた。

「深川仲町の『吉乃家』はどうやら贅沢な料理を出している様子。『結城屋』も『美濃屋』も金に飽かしてご禁制の品々を出させているようです。この儀につき、いかがいたしましょうや」

「それは……」

耀蔵は言葉に詰まった。

「私が注意をしてから、今はそんなに贅沢な品は出しておりません」

茂平次がすかさず口をはさんだ。

「しかと、言えるのか」

「はっ」

「甲斐守どの。じつは『美濃屋』への押込みを避ける手立てがひとつあります」

金四郎は切りだす。

「うむ？」

「『美濃屋』はお触れを無視し、贅沢な暮らしをしております。示しをつけるためにも、『美濃屋』を捕まえたらいかがか。なれば、押込みも出来なくなります」

「…………」

「いや、これはあくまでも押込みを阻むための考え。これでは押込みは捕まえられませぬ。この機に押込みを一網打尽にすべく、『美濃屋』を見逃しておきましょう。では、私はこれにて」

金四郎は皮肉を言って立ち上がった。

北町奉行所に戻る駕籠の中で、まだ全容を捉《つか》めていないような気がしてならなかった。

第四章　襲撃

一

数日後の夕方、初次《はつじ》は早めに仕事を終え、迎えに来た松助《まつすけ》と共に大鳥玄蕃《おおとりげんば》のところに行った。

一ツ目弁天の前に差しかかったとき、路地から侍が出てきた。大柄な侍の後ろに若い侍が三人いた。

大鳥玄蕃の講義を受けての帰りだ。

「あの大柄な侍、知っているだろう」

一ツ目橋のほうに向かった侍たちを見送りながら、松助がきいた。

「玄蕃さまの講義を聞いている侍だろう」

「気がついていねえのか」

松助が鼻で笑った。

「何がだ？」

「あの大柄な侍は『本所の牙』だ」

「『本所の牙』？」

初次は目を剝《む》いた。

『本所の牙』は若い侍を引き連れ、悪さをしていた不良御家人だ。わざと水撒きをしている前に足を出して、水をかけられたと騒ぎ、金を脅し取る。料理屋で、食べ物の中に虫がいたと騒いでいるのを見たことがある。喧嘩《けんか》もしょっちゅうだった。

「まさか」

「信じられねえのも無理はねえ。だが、最近は暴れたって話を聞かないはずだ」

「そういえばそうだ」

無気味なほどおとなしい。

「あれが、『本所の牙』……」

松助から聞かされるまで、初次は気がつかなかった。

「玄蕃さまの塾に入ってから、すっかり牙をなくした。若い侍も今はおとなしい」

松助がにやついて言う。

「玄蕃さまの力か」

「まあ、そうだ」

大鳥玄蕃の凄《すご》さを改めて思い知らされ、初次は感嘆した。

「さあ、行くぜ」

松助が急《せ》かす。

路地を入って、大鳥玄蕃の家に入った。

「玄蕃さま。初次を連れて参りました」

松助は襖《ふすま》の前で声をかけた。

「お入り」

「へい」

襖を開けて、部屋に入る。

玄蕃は文机《ふづくえ》に向かっていた。開いていた書物を閉じ、玄蕃は立ち上がった。

部屋の真ん中で、玄蕃と向き合う。

「初次さんは『美濃屋』の女中のおみつさんと所帯を持ちたいと思っているんでし

よう」

玄蕃がいつになく厳しい表情で切りだした。

「はい、そのつもりです」

初次は正直に答える。

「じつは『美濃屋』のことを調べてみたんです」

「『美濃屋』を？」

「どうやら、家の中は豪勢な造りになっているようです。床の間には高価な掛け軸に壺。畳も新品で、豪華な檜風呂《ひのきぶろ》。庭もたいそう立派だとか」

「…………」

玄蕃がなぜ、こんなことを言いだしたのか。

「なぜ、お触れに反した真似《まね》が出来るのか」

玄蕃が続ける。

「それは、『美濃屋』の主人がお目付だった鳥居耀蔵《とりいようぞう》さまと近しい間柄だったからです。お目溢《めこぼ》しをされていたわけです」

鳥居耀蔵の家来の本庄茂平次《ほんじょうもへいじ》がときたま『美濃屋』を訪ねていることを、初次は知っている。

「ところが、鳥居さまが南町奉行になられて、状況は一変しました」

「えっ」

急に不安が兆した。

「鳥居さまは『美濃屋』を潰そうとしているようです」

「潰す?」

「贅沢《ぜいたく》な暮らしをしていることで『美濃屋』を捕縛し、店は釘で門戸を打ち付け、商売が出来ないようにするという知らせが私のところに入っています」

「そんな」

「もちろん期限付きで許されるでしょうが、しかし一度失った信用を回復するのは至難の業でしょう。二度と元のような商売は出来ますまい」

「玄蕃さま、どうしたらいいのでしょうか」

初次はうろたえた。目をかけてくれる旦那を助けたい。いつも野菜を全部買ってくれるおまさも路頭に迷うことになる。

おみつの身も心配だ。

「贅沢な造りを質素なものに変え、付け入る隙を与えないことが肝要。私が『美濃屋』の主人に会って、話をしても信じるかどうか。鳥居さまとは深い繋《つな》がりがあると思っているでしょうからね。正面から面会を申し入れても、会ってはくれますまい」

「いえ、玄蕃さまならお会いくださるはずです」

「いえ、そうもいきますまい。それに、私が会いに行ったことを周囲に知られるとどんな憶測を生み、そのことで『美濃屋』に迷惑がかかるかもしれません」

「なぜ、ですか」

「鳥居さまに難癖をつけさせる隙を与えてしまいかねないということです。私のような学者と『美濃屋』が結びついているというだけで、どんな難癖をつけられるかしれない」

「では、どうしたらいいのでしょうか」

「なんとか、誰にも知られないように、『美濃屋』の主人に会えれば……」

玄蕃はしばらく考えていたが、

「そうだ。夜中に私がこっそり『美濃屋』に行きましょう」

「でも……」

「いえ、あなたと親しいおみつさんに裏口の戸を開けてもらいましょう。そこから入って、主人に会います」

「怪しまれませんか」

「初次さんがいっしょなら信じていただけるのではありませんか。無礼はあとで謝ればいい。ともかく、この危機を乗り越えねばなりません」

「わかりました」

初次はうろたえながら言う。

「では、さっそく明日、おみつさんに会い、夜の四つ（午後十時）に裏口を開けて、私と初次さんを中に入れてくれるように頼んでください。ことは急を要します」

「はい」

「そうだ。こうしたほうがいいかもしれません。おみつさんには私のことは言わずに、初次さんがふたりきりで会いたいと言ったほうが……」

初次は玄蕃の前を下がった。

松助と共に引き上げる。土間に下りたとき、梯子段《はしごだん》を駒吉《こまきち》が下りてきた。

「初次さん。ちょっと二階に来ないかえ。二階から梅の木が見えるんだ。一度、上から見てみたいと言っていただろう」

そんなことを言った覚えはなかった。たぶん、駒吉が俺に話があるのだろうと察し、

「そうだな。そうしようか」

と言い、松吉を見て、

「俺はちょっと二階から梅の木を見てから引き上げる」

「そんなの見たってどこが面白いんだか。じゃあ、俺は先に引き上げる」

松助は鼻で笑った。

初次は梯子段を上がった。二階には誰もいなかった。

「他のひとは?」

「庭だ、ほれ」

成瀬《なるせ》という浪人が木刀を持って千吉《せんきち》、弥助《やすけ》、勘助《かんすけ》に稽古をつけていた。

「体がなまるっていうんでな」

「駒吉さんはやらないのか」

「俺は気が進まねえ」

駒吉は言ってから、

「玄蕃さまから何か言われたのか。顔色が悪いぜ」

駒吉は小声になった。

「『美濃屋』のことだ」

「『美濃屋』がどうかしたのか」

「危ねえんだ」

そう言い、初次は玄蕃の言ったことをもらさず話した。

「妙だな」

「何が妙なんだ？」

「鳥居耀蔵はお目付のときから奉行所の同心に取締りをせっついていたんだ。だから、『美濃屋』は特別にお目溢しをしていたんだ。いくら奉行になったからって、手のひらを返すことは考えられねえ。それに、そんなことをしたら、以前からお目溢しをしてもらっていたと、詮議の場で言われかねねえ。そんな危ない橋を渡るとは思えねえ」

「じゃあ、玄蕃さまの見立てが間違っているって言うのか」

初次は玄蕃を非難されたようで面白くなかった。

「おめえは玄蕃さまの言うことをすべて信じているのか。信じられねえことがあるから、思い悩んでいるんじゃねえのか」

駒吉に図星を指された。

「四つに忍び込んで旦那に会うってのがちょっと……」

「俺もそこがひっかかる。そんなことをしたら、かえって怪しまれ、話なんか出来やしねえ」

「でも……」

初次は言いよどむ。

「でも、なんだ?」

「玄蕃さまは特別なお方だ。もしかしたら、それが出来るのかもしれない」

「本気でそう思っているのか」

「ふつうならあり得ないことでも、玄蕃さまなら……」

「どうも妙だ」

駒吉が首を傾《かし》げる。

「何がだえ」

初次は不安そうに言う。

「前にもきいたが、どうして玄蕃さまはおめえを受け入れたんだ？」

「松助が引き合わせてくれたから……」

「だからって、おめえにいやにやさしいじゃねえか。おめえが『美濃屋』と関わりがあるからじゃねえのか」

「………」

「玄蕃さまがおめえに期待したのは、このことだったのかもしれねえな」

「このこと？」

「四つに『美濃屋』に忍び込むことだ、その手立てがおめえだってことだ」

「そんなはずはねえ。玄蕃さまは俺を包み込んでくれていた」

「おめえ……」

「なんでそんな目で見るんだ」

初次はいらだって、

「俺は帰る」

と、梯子段に向かった。

「待て」

駒吉が追いかけてきて、前にまわった。

「冬二《ふゆじ》さんと俺のあとを舟でつけてきたのは茂《も》助《すけ》だった。だが、茂助はそのことに口を閉ざしている。おかしいと思わねえか」

「………」

首を横に振り、初次は駒吉の脇をすり抜けた。

「いいか。裏口を開けさせるのはよく考えるんだ」

駒吉の声を背中に聞いて、初次は梯子段を駆け下りた。


その夜、初次は亀戸町の片隅にある呑《の》み屋の小上がりにいた。今夜も日《ひ》傭《よう》取《と》りや駕《か》籠《ご》かき、棒《ぼ》手《て》振《ふ》りなどで店は混んでいた。

だいぶ酒を呑んでいるが、いっこうに酔わない。

『美濃屋』の裏口をおみつに開けさせることで、玄蕃が『美濃屋』の主人と会うことが出来、それで玄蕃の忠告を聞いてくれれば、町方に踏み込まれても安心だ。そのために、おみつに頼むのだ。

どこにも問題はない。そう思うそばから、駒吉の疑問が蘇《よみがえ》ってくる。

「四つに『美濃屋』に忍び込むことだ。その手立てがおめえだってことだ」

確かに不自然だ。堂々と正面から会いに行けばいい。見知らぬ者とは会わないというのであれば、初次が仲立ちをしてもいい。女中頭のおまさを通して玄蕃のことを伝えてもらえれば無下にはしないのではないか。

それとも、玄蕃には正面から訪問出来ないわけでもあるのか。

徳利《とっくり》が空になって追加を頼む。すぐに小女が酒を持ってきた。

「すまねえ」

湯呑みに酒を注いだ。

それにしても、『美濃屋』の家は贅を凝らした造りになっているというのはほんとうだろうか。

湯呑みを空けたとき、

「どうした、荒れているな」

と、声をかけてきた男がいた。

驚いて顔を上げた。

「あっ、茂助さん」

横に松助がいた、

「どうしたんですかえ、ふたり揃《そろ》って」

初次は訝《いぶか》ってきく。

ふたりは目の前に並んで座った。

松助が小女に酒を頼んだ。

「明日のこと、玄蕃さまから頼まれたのだろう」

茂助がきいた。

「ええ」

「しっかり、頼むぜ。玄蕃さまが直々に『美濃屋』に出向くのだ。決して、無駄足を踏ませることがないようにな」

「わかってます」

初次はきっぱりと言う。

「それを聞いて安心したが、なんでそんなに荒れているんだ？」

茂助の目が鈍く光った。

「いや、それは……」

四つに裏口を開けさせることにひっかかっているとは言えず、とっさに思いついたことを口にした。

「『美濃屋』の旦那さまが贅沢な暮らしをしているってことに驚いたんだ。町方の手が入るかもしれないなんて……」

「無理もねえ。おめえは『美濃屋』の旦那に目をかけられているんだからな」

「同郷だっていうだけで、野菜を全部買ってくれたんだ。その旦那さまが捕まるかもしれないなんて」

初次はやりきれないように言う。

「だが、安心しな。玄蕃さまに任せておけば大丈夫だ」

茂助が力づけるように言う。

「そうだ、初次。明日が過ぎればすっきりするぜ。好きな女子とも添えられる。おまえの心持ち次第だ」

松助が口をはさんだ。

「心持ち次第？」

初次はその言い方が気になった。

「なあに、深い意味はねえ。ともかく、すべてを玄蕃さまに委ねるんだ。いいな」

松助は含み笑いを浮かべて言う。

「わかっている、そのつもりだ」

初次は言い切りながらも、玄蕃に対して微《かす》かな疑念が生じていることに気づいていた。

二

二階の部屋に五人が揃っている。皆、それぞれ勝手に過ごしているが、退屈をもてあましている。

駒之助《こまのすけ》は焦った。まったく忠兵衛《ちゅうべえ》と連絡がとれていないのだ。知らせたいことがたくさんあったが、ともかく明日の件だけでもなんとかして伝えたかった。

今夜も忠兵衛は近くに来ているのではないか。なんとか、忠兵衛に近づけないか。

「何かくさくさするな」

千吉が吐き捨てた。

女郎買いに行くことを成瀬に止められてますます腐っている。

そのとき、閃《ひらめ》いたことがあった。路地の入口に出ている夜鷹《よたか》そば屋だ。あの亭主は玄蕃の仲間で見張り役だ。

あの男は、外の者が中に入って来るのを見張っているだけでなく、中の人間が外に出て行くのも見張っているのだ。

だが、屋台までは行ける。

「おい、そばでも食わねえか」

駒之助が千吉に声をかける。

「そば？」

「路地の入口に出ている屋台だ。そこにそばを食いに行かねえか」

「金は？」

「あの屋台の亭主は仲間だ。金なんて払う必要はねえ。そうじゃねえか」

「そうだな。よし、行こう」

千吉はその気になった。

「俺も行く」

勘助が立ち上がった。

「成瀬の旦那はいいんですかえ」

「俺はいい」

「弥助さんは？」

「今は食いたくねえ」

「じゃあ、ちょっと三人で行ってくる」

駒之助たち三人はそっと廊下に出て梯子段を足音を忍ばせて下りた。

夜風が生暖かい。三人は路地に出て、屋台に行った。

「すまねえ、三人ぶん頼む」

駒之助は四十年配の亭主に言う。

「出て来ていいのか」

亭主が鋭い声で言う。

「いいも悪いもねえ。ずっと閉じ込められていて滅入っているんだ。早く、作ってくれ」

忠兵衛がいたら耳にとどくように、駒之助はわざと大きな声を張り上げた。

亭主は何か言いたそうだった。

「おい、とっつあん。作る気がねえようだな。じゃあ、回向院《えこういん》のほうまで行こうじゃねえか。どっかで屋台が出ているはずだ」

駒之助は乱暴に言い、一ツ目弁天のほうに行きかけた。

「待て」

亭主が呼び止めた。

「今、作る」

「俺はしっぽくだ」

駒之助が言う。しっぽくは玉子焼き、かまぼこ、しいたけなどの具をのせたそばだ。

「俺もだ」

千吉と勘助もおなじものを注文する。

「酒はないのか」

「酒なんてねえ」

亭主は不機嫌そうに言う。

亭主は丼を三つ並べて茹《ゆ》でたそばを入れ、それに汁を注ぎ、最後に具をのせた。

それぞれ丼を摑《つか》み、駒之助は箸をとって一ツ目弁天の近くにある木のそばで食べはじめる。そばを口に入れながら、目は周囲に這《は》わす。

忠兵衛がいるかどうか。

あらかた食べたあと、暗がりから職人体の男が現れた。忠兵衛だった。駒之助はほっとしながらそばをたいらげた。

忠兵衛は屋台に行き、

「おやじ、かけだ」

と、頼んだ。

「へい」

忠兵衛は屋台のそばに立っている。

駒之助は丼を持って屋台に向かう。そのとき、忠兵衛がわざと体をよろけさせ、駒之助に当たった。

「何しやがる」

駒之助は大声を張り上げた。

「なんだと」

忠兵衛も睨《にら》み返し、

「あっ、てめえ。俺に汁をかけやがったな」

「てめえがいけねえんだ」

「何言いやがる。てめえが俺のすぐ後ろを通るのがいけねえんだ」

「この野郎、勘弁ならねえ」

駒之助は忠兵衛に摑みかかった。

忠兵衛も押し返す。駒之助はその力を利用して足払いをかける。忠兵衛は倒れた。

そして、這うようにして一ツ目弁天のほうに逃げた。駒之助は追いかけて、忠兵衛を捕まえ、屋台に背を向けて馬乗りになった。

駒之助は拳を何度も振り下ろしながら、

「やい、謝りやがれ」

と、怒鳴る。

「わかった。もう、やめてくれ」

忠兵衛が哀れな声を出す。

「明日、『美濃屋』が襲われる。棒手振りの初次に頼まれ女中のおみつが四つに裏口を開ける」

「頼む。いてえ」

駒之助は殴りつけながらいっきに肝心なことだけ言う。

「謝れ」

「わかった、謝る」

「よし」

駒之助が力を抜いた拍子に、いきなり忠兵衛が足を突きだした。駒之助は撥《は》ねつけられ後ろに尻餅をついた。

「待ちやがれ。逃げるのか」

駒之助は立ち上がって叫ぶ。

「よせ」

屋台の亭主が飛んできて駒之助の腕を摑んだ。

「ちっ」

駒之助は吐き捨てた。

「ずいぶん気が立っているな」

亭主が呆《あき》れたように言う。

「ずっと閉じ込められているんだ。牢屋敷とあまり変わらねえ。いや、牢屋敷なら観念しているが、ここは娑婆《しゃば》だ。自由なぶんだけ、酷だ」

駒之助はいらだって言う。

「ひとが集まってきた。早く、帰れ。おい、連れて行け」

亭主は千吉と勘助に命じた。

「行こう」

千吉と勘助が駒之助の体を押して路地に向かった。

もっと忠兵衛には告げたいことがあったが、明日の件を伝えられただけでよしとしなければならなかった。

駒之助が家に入ると、上がり口に銀蔵《ぎんぞう》が立っていた。

「何をしていた？」

「そばを食いに行っただけだ」

駒之助が言い返す。

「勝手な真似はやめろと言ったはずだ」

「冗談じゃねえ。てめえたちは自由に外に出やがって。俺たちは閉じ込められていて滅入っているんだ。そばぐらいいいじゃねえか」

「断ってから行くんだ」

「どうせ、だめだと言うんだろう」

そこに茂助が駆け込んできた。

「やい、駒吉。てめえ、外で喧嘩したそうだな」

「ああ、あいつが悪いんだ。少し痛めつけてやった」

駒之助は不敵に笑う。

「てめえ、自分の身をどう思っているんだ。町方に見つかったらお縄だ」

「気づかれるわけはねえ。町方は俺のことなんて頭にないはずだ」

「万が一だ」

「万が一のために不自由に暮らすなんてもうまっぴらだ。これだったら、江戸から離れたところに住んだほうがましだ」

駒之助は不貞腐《ふてくさ》れて言う。

「おめえ、かなりいらだっているな」

茂助が口許《くちもと》に冷笑を浮かべた。

「当たり前だ」

「若いから力が余っているんだ。銀蔵」

茂助は銀蔵に声をかけ、

「少し、汗をかかせてやったらどうだ？」

「汗を？」

「なあに、庭で稽古をつけてやれってことだ」

「そうか。いいだろう」

銀蔵もにやりと笑い、

「駒吉、庭に出ろ」

と、土間に下りた。

「駒吉。行って来い」

茂助がせき立てた。

「わかった」

駒之助は銀蔵のあとを追う。

庭に行くと、銀蔵が梅の木の前で立っていた。ぞろぞろと茂助や銀蔵の仲間のふたり、それに千吉らもついてきた。

「駒吉、遠慮せずかかってこい」

銀蔵は大きな手の太い指を鳴らした。

「この桜の彫り物は伊達じゃねえ。あとで後悔するぜ」

袖をたくし上げ、左二の腕を見せた。

「こしゃくな野郎だ」

銀蔵は眦《まなじり》をつり上げ、駒吉に近付き、太い腕を伸ばしてきた。駒之助はその腕をかいくぐり、後ろにまわりながら銀蔵の向こう脛《ずね》を蹴った。

軽く悲鳴を上げて、銀蔵がよろけた。駒之助は背後から銀蔵を突き飛ばす。銀蔵は地べたに顔から突っ込んだ。

起き上がろうとした銀蔵の肩を駒之助は足で蹴った。銀蔵は仰向けに倒れた。

うめき声を発しながら、銀蔵は体を起こした。

「どうしてえ、もう降参か」

駒之助は銀蔵の前で仁王立ちになった。

そこに背後から襲いかかった者がいた。駒之助は振り向きざまに腰を落とし、こん棒を握っていた手を摑み、ひねって投げ飛ばした。銀蔵の仲間の男だ。もうひとりが突進してきた。駒之助はさっと身を翻し、頭から当たってきた男の腰を思い切り足で突いた。

男は勢い余って梅の木にぶつかって倒れた。

「この野郎」

銀蔵が匕首《あいくち》を構えた。

「そんな物騒なものは仕舞え。じゃねえと、命を落とすことになるぜ」

駒之助は一喝する。

「うるせえ、殺してやる」

銀蔵は眦をつり上げ、駒之助に迫った。

「やめておけ」

突然、大きな声がした。

成瀬が近寄ってきた。

「銀蔵。おぬしの敵《かな》う相手ではない」

成瀬は銀蔵のそばに行き、

「さあ、寄越せ」

と、手を出す。

「いやだ」

銀蔵は構えを解こうとしなかった。

「そんなに死にたいのか。なら、勝手にしろ」

成瀬は突き放すように言い、

「駒吉。この男はずっとおぬしに恨みを持ち続ける。この際、始末したほうがいいかもしれんぞ。死体なら梅の木のそばに埋めればいい」

「わかりやした」

駒之助は頷《うなず》く。

成瀬は茂助に顔を向けて言う。

「茂助。おぬしがけしかけたんだ。文句はないな」

「………」

「おい、誰か。梅の木の裏側に穴を掘れ」

「やめてください」

玄蕃の声だ。

駒之助が振り向くと、総髪の玄蕃が近寄ってきた。

「銀蔵さん。それを仕舞いなさい」

玄蕃は銀蔵に言う。

「玄蕃さま。あっしはこのままじゃ……」

銀蔵は悔しそうに言う。

「銀蔵。悔しがる気持ちはわかるが、こいつはただの男ではない」

成瀬はそう言うや否や、いきなり抜き打ちで駒之助に斬りつけた。

駒之助は素早く後退《あとずさ》って避《よ》けた。

「見たか。俺の抜き打ちを避けるのは並大抵の腕ではない。おぬし、何者だ?」

成瀬は駒之助に迫る。

「買いかぶりですぜ」

駒之助はそう言いながらも、左二の腕を見せ、

「ただ、この桜の彫り物は伊達じゃねえと言ったはずだ。この彫り物はあっしのお頭が一人前と認めた証《あかし》で彫ったもの。頭の名は言えませんが、この彫り物に懸けてあっしは闘っている」

駒之助は銀蔵に向かい、

「銀蔵さん、俺に敗れたってけっして恥じゃねえぜ。成瀬の旦那の抜き打ちをかわせるのはそうざらにいねえはずだからな。そんな男を相手にしたのが不運だっただけだ」

「そういうわけだ」

成瀬は刀を鞘《さや》に納め、

「銀蔵。まだ、やる気か」

「銀蔵さん。もういいでしょう」

玄蕃がやさしく言う。

「へい」

銀蔵は匕首を仕舞った。

茂助が近づいてきた。

「駒吉。おめえ、何者なんだ？」

「見てのとおりだ」

駒之助はさっさとその場を離れた。

二階の部屋に入って、

「驚いたぜ。滅法強いじゃねえか」

と、千吉が感嘆の声を上げた。

「すかっとしたぜ」

勘助が笑い、

「あの銀蔵って男、いやな野郎だからな。この際、穴に放り込んでやればよかったんだ」

「すっかりおとなしくなった。これでよしだ」

弥助も微笑《ほほえ》んだ。

障子が開いて、成瀬が入ってきた。

「酒だ」

成瀬は徳利を掲げた。

「玄蕃さまがこれで気分を直せとさ」

「ありがてえ」

それから酒盛りがはじまったが、駒之助は明日の『美濃屋』の件が気になって、しばしば湯呑みを口に運ぶ手が止まって考え込んでいた。


翌日、金四郎は登城し、中之間で鳥居耀蔵を待った。

ゆうべ、忠兵衛が私邸に駆け込んできて、駒之助との一件を伝えた。それによると、決行は今夜だ。

金四郎《きんしろう》は端然と座って耀蔵の到着を待った。

勘定奉行が姿を現したあとに、耀蔵がやって来た。金四郎と目が合うと、近寄って来て、横に腰を下ろした。

「甲斐守どの。今夜でござる」

金四郎は声を抑えて言う。

「今夜？」

耀蔵の顔に緊張の色が走った。

「初次と恋仲のおみつが今宵四つに裏口の戸を開ける手筈《てはず》になっているようです」

「相わかった。すでに本庄茂平次がもぐり込んでいる。こちらの手配に抜かりはない」

「初次は騙《だま》されてのこと。このことはお心に留め置きを」

「うむ」

耀蔵は頷いてから、

「なぜ、遠山どのは押込みの動きがわかるのだ？」

と、不審そうにきいた。

「密偵の働き」

「そうか」

耀蔵は不機嫌そうに言う。

「我ら、北町は遠くにて見守ります」

「そうしてもらおう。今宵ですべて解決させる」

耀蔵は自信ありげに言った。

いよいよ、押込みを捕まえることが出来る。しかし、やはり、金四郎は何かしっくりこない。

それは大鳥玄蕃だ。あの玄蕃が単なる押込みの頭とは思えないのだ。今宵、玄蕃は『美濃屋』に現れるだろうか。

三

夕方、初次は天秤棒を担いで『美濃屋』の裏口に来ていた。

「大根はいかに……」

初次は声を張り上げる。

しばらくして、裏口が開いた。

「初次さん」

おみつが顔を出した。

庭に入ってから、

「おみつさん、お願いだ。今夜、会いたいんだ」

「無理よ」

「俺がここに来る。四つ（午後十時）に裏口を開けてくれ。少しでいい。ふたりきりで、おみつさんと会いたいんだ。お願いだ。ふたりのために」

玄蕃を『美濃屋』の旦那に引き合わせなければならないのだ。

「おみつさん。今夜四つだ」

「わかったわ」

おみつが頷いた。

「私、夜は台所の火の始末を確かめることになっているの。だから、こっそり庭に出られるわ」

「ほんとうか」

「ええ」

「じゃあ、四つに」

初次はほっとした。そのとき、おみつにはほんとうのことを話せばいい。そう思いながら、台所に行く。

いつものように女中頭のおまさが野菜をすべて買ってくれた。

「旦那さまになかなかお会い出来ませんが、よろしくお伝えを」

「わかったわ」

「じゃあ、また参ります」

初次はおみつと共に裏口に向かう。

「おみつさん。ちょっと小耳にはさんだんだけど、この家の奥は贅沢な造りなのか」

「ええ、立派よ。この辺りはふつうの庭だけど内庭には大きな石があって、池には錦鯉が泳いでいるの」

「そんな暮らしをしていて目をつけられないのだろうか」

「だいじょうぶよ。うちの旦那さまは特別だそうだもの」

「特別か」

やはり、そうだったのだと、初次は合点した。

ふと誰かに見られているような気がして植込みのほうに目を向けた。さっと隠れた影があった。

「どうしたの？」

「誰かがこっちを見ていたんだ」

「あのお侍さんかしら」

「お侍？」

「ええ。二、三日前から泊まっているお侍さんがいるの」

「どんなお侍なんだ？」

「本庄さまとか」

「本庄？　胴長で足の短い？」

「ええ。初次さん、知っているの？」

「いや」

本庄茂平次が二、三日前からこの家にいる。どういうことなのだろうか。茂平次は『美濃屋』の旦那を捕まえる証拠を探し出そうとしているのか。しかし、なぜ、旦那はそんな茂平次を引き入れているのか。

不審に思いながら、初次は裏口を出た。

両国広小路から両国橋に向かいかけたとき、後ろから声をかけられた。

「初次」

「あっ、茂助さん」

茂助だった。

「どうだった？　『美濃屋』のことだ」

「四つに裏口を開けるはずです」

「間違いないな」

茂助は念を押した。

「ええ」

初次は本庄茂平次のことを口にすべきか迷った。

「じゃあ、俺は先に行くぜ」

茂助はさっさと足早に両国橋に向かった。

遅れて、天秤棒を担いだ初次は両国橋に差しかかった。

亀沢町の親方のところに天秤棒を返し、借り賃を払って、初次はそのまま大鳥玄蕃のところに行った。

一ツ目橋で、大柄な侍と若い侍三人とすれ違った。大柄な侍は『本所の牙』だ。すれ違うとき、『本所の牙』が初次に冷たい目をくれた。

初次は気を取り直して一ツ目弁天脇の路地を入って行った。

大鳥玄蕃は自分の部屋にいた。茂助もいっしょだった。さっきの四人とここで会っていたのかもしれないと思った。

「初次さん、ごくろうさまでした。おみつさんと約束が出来たそうですね」

「はい。四つに裏口を開けてくれるはずです」

「こういう手筈でいこうと思います。四つに裏口が開いたら、初次さんが先に庭に入っておみつさんに私のことを説明してください。私はしばらく間を置いて裏口をくぐります」

「はい」

「『美濃屋』には別々に行きましょう」

「わかりました。じゃあ、あっしは長屋から『美濃屋』に向かいます」

「初次さん、ごくろうさまです」

「いえ」

初次は本庄茂平次のことをなぜか口に出せなかった。玄蕃の態度にも少し不可解さを覚えていたからかもしれない。

「初次」

茂助が声をかけた。

「へい」

「さっきから変だぜ。何かあるのか」

「そうじゃねえ」

初次はあわてて言う。

「おみつと忍び会うのかと思うと、ちょっと怖いような気がして」

「なんでえ、そんなことか。好きな女子に会えるなら気持ちが弾むんじゃねえのか」

「そうなんですが、おみつを騙した形なので……」

「あとで話せば、わかってくれるさ。『美濃屋』の旦那のためだからな」

「へえ。わかりました」

初次は話を切り上げ、

「じゃあ、あっしは」

と、腰を浮かした。

駒吉の言葉が蘇る。

「玄蕃さまはどうしておまえさんの出入りを許したんだえ。ここにいる連中とおまえさんは違う。おまえさんは堅気《かたぎ》じゃねえか」

そうだ。どうして、俺が玄蕃さまに気にいられたのか。やはり、『美濃屋』の女中と親しいからか。

そんなことに思いを巡らせながら、初次は長屋に帰った。

暗くなった部屋で、初次は考える。やはり、冷静に考えれば、夜遅くに玄蕃が『美濃屋』に忍び込み、旦那に会うなんて不自然だ。旦那だって怪しむはずだ。

玄蕃から言われて、なんとなくそんなものかと思ってしまったが……。では、何か別の狙いがあるのか。

それはなんだ。初次がうめいたとき、腰高障子がいきなり開いた。

「なんでえ、いるんじゃねえか」

松助だった。

「なんで、行灯《あんどん》を点《つ》けねえんだ」

土間に入ってきて、松助は呆れたようにきく。

「じき出かけるからだ」

「『美濃屋』か」

「そうだ」

「なあ、玄蕃さまは『美濃屋』で何をするつもりなんだ？」

「何をする？　どういうことだ？」

松助は上がり口に腰を下ろした。

「あんな遅くに『美濃屋』の裏口を開けさせることがどうも解せねえんだ」

「よけいなことを考えるな。玄蕃さまの言うことを素直に聞いていればいいんだ」

松助は顔をしかめて言う。

また、駒吉の言葉が蘇った。

「じゃあ、こうきいてみてくれ。馬喰町《ばくろちょう》の『結城屋』に奉公していたんだってなと」

駒吉は松助が奉公していた商家を気にしていたのだ。

「松助」

初次は思い切って切りだした。

「おめえ、馬喰町の『結城屋』に奉公していたんだってな」

「………」

「どうした、松助。おめえ、『結城屋』にいたんだな？　『結城屋』って、先だって押込みがあったところだ」

「それがどうした？」

松助が開き直ったように言う。

「やっぱり、『結城屋』に奉公していたのか」

「昔のことだ」

「まさか」

初次は啞然《あぜん》とした。

「何がまさかだ？」

「今夜、『美濃屋』に押込みが……」

「なに、ばかなことを言っているんだ。玄蕃さまを押込みの頭にするつもりか。そんなに言うなら、今から玄蕃さまのところに行って質《ただ》してみるか。玄蕃さまは押込みの頭ですかとな」

松助は口許を歪《ゆが》め、

「どうした、出来ねえのか」

「出来ねえ」

初次は正直に答える。

「言い含められるだけだ」

玄蕃の前ではまるで術にかかったみたいに考える力がなくなるのだ。

「なに、言い含められるだと？」

松助は鼻で笑い、

「おい、ともかく玄蕃さまのところに行ってみようじゃねえか」

松助は立ち上がった。

「さあ」

「いい。いずれにしろ、四つになれば、わかるんだ」

裏口を開けさせるのが押込みの布石だとしても、今さらどうする術《すべ》もない。いや、はっと初次は愁眉を開いた。

玄蕃はこう言ったのだ。

「四つに裏口が開いたら、初次さんが先に庭に入っておみつさんに私のことを説明してください。私はしばらく間を置いて裏口をくぐります」

初次が入ったあと、しばらくして玄蕃が入ってくるのだ。だから、おみつが開けた裏口に滑り込んだらすぐ閂《かんぬき》をかけてしまえばいい。

賊は入り込めない。押込みを防げる。もし、押込みでなかったら、外の様子を窺《うかが》って裏口を開ければいい。

「松助。俺は約束どおり、これから『美濃屋』に行く。おめえも来い。玄蕃さまが『美濃屋』の旦那さまを説き伏せるところをいっしょに見ようじゃねえか」

「いや、俺はいい」

松助が尻込みをしたように思えた。

「なに、びびっているんだ」

「びびっちゃいねえ」

やはり、松助は押込みを知っているのかもしれない。

「いい、ひとりで行く。玄蕃さまとは向こうで落ち合う」

「しっかりな」

松助が微かに笑い、

「じゃあ、俺は引き上げる」

と、土間を出て行った。

四つ前に、初次は『美濃屋』の裏口の前に立った。塀の外側は闇が続いている。辺りを見回す。怪しい人影はない。玄蕃が押込みの頭かどうか、いずれわかるのだ。

塀の内側に聞き耳を立てる。微かに物音がした。閂を外す音がした。おみつが来ているのだ。

戸が開いた。初次は滑り込み、すぐに閂をかけようとした。

「待て」

男の声にびっくりした。

振り返ると、暗がりに立っていたのは胴長の足の短い侍だ。初次は唖然とした。

本庄茂平次だ。

「初次だな。台所に行け」

茂平次が言う。

「いったい、何が……」

「早く行くんだ」

「へえ」

追い立てられるように、初次は台所に向かった。途中、庭の各所に鎖帷子《くさりかたびら》に着物を尻端折《しりはしょ》りし、たすき掛け、頭には鎖鉢巻きをし、十手を持った同心が何人か待機しているのがわかった。

初次が台所に行くと、戸が開いた。

「初次さん、入って」

おみつが声をかけた。

初次は飛び込むように土間に入った。おみつがすぐ心張り棒をかけた。

「何があったんだ？」

「南町のひとが押込みを待ち構えているんです」

　おみつが言う。

「さあ、ふたりとも早くこっちへ」

　おまさが呼んだ。

　初次は板敷きの間に上がった。そのとき、庭から怒声が聞こえた。喚声は戸の外からも聞こえた。

　誰かが逃げてきて戸にぶつかったのか、激しい音がした。おみつが震え上がった。初次はおみつを抱き抱えた。

　騒ぎは四半刻（三十分）ほどで治まった。

「盗賊は全員引っ捕らえた」

　本庄茂平次の声がした。

　初次ははっとした。玄蕃が捕まったのか。初次は息が詰まりそうになった。

　初次はおみつの体を放し、

「待っててくれ」

　と言い、戸口に向かった。

戸を開け、土蔵のほうに向かった。同心たちに囲まれ、額から血を流した武士が縄を打たれて地べたに座らされていた。

「あっ、このお侍は……」

「知っているのか」

本庄茂平次がきいた。

「はい。『本所の牙』と恐れられていた御家人です」

「直参か」

茂平次は蔑むように武士を見て、

「落ちぶれたものだ」

と、吐き捨てた。

「こっちの若い侍もそうか」

「いつもいっしょにくっついている侍です」

若い侍たちは悄然《しょうぜん》としていた。

「玄蕃さま」

初次は捕らわれた者たちを見回した。だが、玄蕃はいなかった。

「玄蕃とは誰だ？」

「大鳥玄蕃さまです。一ツ目弁天裏で、学問を教えながら、無頼の徒を匿《かくま》っています。このお侍さまも玄蕃さまの門弟です」

「よし。案内せい」

茂平次は初次に命じた。

茂平次は数人の同心を連れて、初次のあとについて闇の中の両国橋を渡った。竪川《たてかわ》に架かる一ツ目橋を渡って一ツ目弁天の前を過ぎた。いつも出ている屋台が出ていないのは夜が遅いせいか。

「こっちです」

初次は潜むように奥に進んだ。

静かだった。眠っているのだろうか。

戸は開いていた。同心が一斉に踏み込んだ。

「いません」

戻ってきた同心が茂平次に言う。

初次も玄蕃の部屋に行った。それから二階に上がった。

「もぬけの殻だ」

茂平次が舌打ちした。

「仕方ない。よし、引き上げだ」

茂平次は同心たちに言い、

「おまえにはいろいろきかねばならぬ。今夜は大番屋に泊まるんだ。いいな」

「へい」

初次はこの期に及んでも玄蕃を裏切る真似は出来ないと思っていた。

四

その夜、金四郎は公邸の用部屋で連絡を待っていた。

九つ（午前零時）になろうかというとき、襖の外で内与力の声がした。

「田沢《たざわ》さまがお見えでございます」

「よし、通せ」

「はい」

しばらくして、

「忠兵衛にございます」

「入れ」

「はっ」

襖が開いて、忠兵衛が入ってきた。

「ごくろう」

「本庄茂平次どののご活躍により、押込みの者全員を捕縛いたしました」

「で、中に大鳥玄蕃はいたのか」

「おりません。頭領格は『本所の牙』と町の者から恐れられていた不良御家人でした」

「本所の御家人か……」

「捕らえたとき、『本所の牙』は大鳥玄蕃にそそのかされ、『結城屋』と『美濃屋』を狙ったと白状したそうです」

「そうか」

「そのあとで本庄どのが一ツ目弁天裏の大鳥玄蕃の家に踏み込んだのですが、中はもぬけの殻でした」

「なに、逃げたのか」

「はい」

「駒之助もいっしょだな」

「はい、他の仲間もいっしょです」

「妙だ」

金四郎は頭を巡らす。

「押込みは、玄蕃は指示しているだけだ。玄蕃の狙いが押込みだけだとは思えぬ。やはり、玄蕃の狙いは別にあるのだ。待てよ」

金四郎ははっとした。

『結城屋』と『美濃屋』は共に鳥居耀蔵と親しい間柄にある。そこを狙わせたのは、贅沢な暮らしをしているからではない。鳥居耀蔵と親しい大店《おおだな》だからではないか。

「狙いは、鳥居耀蔵……」

金四郎は唸《うな》った。

「鳥居さま？」

「そうだ。大鳥玄蕃は鳥居耀蔵を狙っているのではないか。『吉乃家』のおきよ殺し、『結城屋』と『美濃屋』の押込み。これらは、鳥居どのへの威《おど》しかもしれぬ」

「では、大鳥玄蕃は鳥居さまに恨みを持つ者」

「そうだ。大鳥玄蕃は学者だ。表向き儒学者と称しているようだが、実際は蘭学者かもしれぬ」

「では、蛮社《ばんしゃ》の獄？」

「そうだ。鳥居耀蔵は蘭学への憎しみから渡辺崋山《わたなべかざん》や高野長英《たかのちょうえい》を罪に落とした」

天保八年（一八三七）にモリソン号事件が起きた。日本の漂流者を送還してきた米国船モリソン号を幕府が異国船打払令によって撃退したというものである。

この幕府のやり方を、蘭学者たちの集りである『尚歯会《しょうしかい》』の面々は批判した。この中に、蘭学者の渡辺崋山や蘭方医の高野長英がいた。

当時の目付の鳥居耀蔵は陰謀を企て、幕府批判や無人島への渡航計画などの罪をでっち上げて渡辺崋山や高野長英らを捕まえたのである。

その後、渡辺崋山は国元の三州田原で蟄居《ちっきょ》の後、自害。また、高野長英は小伝馬町《こでんまちょう》の牢屋敷にいる。

「確か、この企みで実際に働いたのは鳥居さまの家来で小笠原貢蔵《おがさわらこうぞう》。もしや、『吉乃家』に客として来ていた小笠原　某《なにがし》とは小笠原貢蔵のことでは？」

忠兵衛が思いだして言う。

「そうだ。間違いない。女中のおきよといい仲だったのは小笠原貢蔵だ。玄蕃は、おきよから小笠原貢蔵の動きを知ろうとしたに違いない。大鳥玄蕃は渡辺崋山か高野長英に近しい者だ」

金四郎は言い切った。

「玄蕃は何をするつもりでしょうか」

「鳥居耀蔵を討つつもりだ。だが、どうやって……」

あっと、金四郎は気がついた。

「耀蔵を討つだけでなく、高野長英の救出だ」

「高野長英の救出？」

「火事だ」

「あっ」

忠兵衛も絶句した。

「小伝馬町の牢屋敷の近くに火を放つ。囚人は一時解き放たれる。また、火事の現場には奉行自ら赴く」

大火事の恐れがある場合、奉行が自ら出馬をし、火事場の指揮をとる。火元に駆けつけるのは月番の奉行であり、非番の奉行は後口、すなわち風上で指揮をとる。

「出馬してきた鳥居耀蔵を襲うに違いない。忠兵衛、火事を出させてはならぬ。未然に防ぐのだ」

「はっ」

忠兵衛は厳しい顔で用部屋を出て行った。

頼みは駒之助だ。

(駒之助、頼むぞ)

思わず、金四郎は心の内で呼びかけていた。

翌日の朝、駒之助は関本兵庫《せきもとひょうご》の屋敷の中間《ちゅうげん》部屋で目を覚ました。

千吉や勘助、弥助がごろ寝をしている。駒之助は起き上がって、外に出た。

どんよりとした空だ。

昨夜、遅い時間に茂助が一ツ目弁天裏の家に駆け込んできた。まっしぐらに玄蕃の部屋に行ったようだ。

それから茂助が二階に上がってきた。

「これから、ここを退去する。すぐ、支度をするんだ」

そのあわてようで、『美濃屋』の押込みに失敗したのだと想像できた。

「何があったんだ？」

千吉が不満そうにきく。

「町方がここに踏み込んでくる」

「えっ」

茂助の言葉に千吉は竦《すく》み上がった。勘助と弥助にも動揺が広がった。

「心配いらねえ。さあ、庭に出るんだ」

そう言い、茂助は急かした。

庭に出ると、玄蕃や銀蔵たちが待っていた。

「よし。いいか、口をきかずについて来い」

茂助が明かりを持って先に立ち、庭の隅の植込みの中に分け入った。そこに、戸があった。

成瀬が話していた隣の屋敷へ通じる戸だった。

駒之助は井戸に出て顔を洗った。

ゆうべ、今までいた家のほうが騒がしかったのは町方が踏み込んだからだ。町方はあの戸を見つけるだろうか。

駒之助は屋敷の大きさからして、禄高五百石ぐらいだろうと思った。旗本関本兵庫は大鳥玄蕃とどのような関係なのか。

玄蕃は母屋のほうに泊まったようで、中間部屋にはいなかった。

朝餉《あさげ》に握り飯が振る舞われたあと、茂助がやって来て、昼過ぎに玄蕃から話があると言ったが、そのまま夕方まで待たされた。

そして、夕方になって玄蕃が中間部屋にやって来た。

狭い部屋に集められたのは千吉、勘助、弥助に浪人の成瀬、そして駒之助だ。

「きょうまで明かさなかった私の思いを皆さんにお伝えしたいのです。その上で私についてきていただきたい」

玄蕃はそう切りだした。

「私は三州田原藩の城下で、渡辺崋山先生に師事していた大鳥玄太郎《げんたろう》と申します」

「あの画家で蘭学の渡辺崋山……」

駒之助は思わず呟《つぶや》いた。

「そうです。私は蘭学を学んでいました。その縁で高野長英どのとも親しくしております。師は鳥居耀蔵の卑劣な罠にかかり、最後は自害に追い込まれました。私は師の無念を晴らさんがために決起したのです」

玄蕃はとうとうと崋山の凄さ、偉さについて語ってから鳥居耀蔵に話を移した。

「鳥居耀蔵は蘭学を毛嫌いしておりました。自分の気にいらない者を奸計《かんけい》をもって捕縛し、今また先の南町奉行矢部《やべ》定謙《さだのり》さまを追い落として自身が奉行職に就いた。そして、ご改革の名のもとに取り調べを厳しくする裏で、自分が懇意にする『結城屋』や『美濃屋』は見て見ぬ振り。このままでは、江戸が死んでしまいます。そのために、私は立ち上がったのです。どうか、力を貸してください」

玄蕃は頭を下げた。

「玄蕃さま。あっしは玄蕃さまのためならなんでもしますぜ」

千吉が言うと、勘助も弥助も忠誠を誓った。

「駒吉さんはいかがですか」

玄蕃が顔を向けた。

「玄蕃さま。いったい、何をなさるおつもりですか」

駒之助は挑むように玄蕃の目を見る。

「されば、お話しいたしましょう。小伝馬町の牢屋敷の周辺に火を放ちます。狙いは、牢屋敷に捕らわれている高野長英どのの救出。そして、火事が大きくなれば、奉行は火事場に出馬します。それを待って、鳥居耀蔵を襲撃いたします」

「なんと」

駒之助は啞然とした。

「火を放ったら、犠牲者が出るじゃありませんか」

「仕方ありません。それより、鳥居耀蔵を斃《たお》すことのほうがどれだけ世のためか」

「茂助さんや銀蔵さんたちはどういうひとたちなのですかえ」

駒之助はきく。

「茂助さんは、牛込《うしごめ》辺りで勢力を誇っていた博徒の親分です。銀蔵さんや冬二さんたちは子分です。茂助さんが喧嘩で大怪我《おおけが》を負ったとき、当時麴町《こうじまち》で町医者をしていた高野長英どのに助けられて以来、高野どのを恩人として付き合ってきたそうです」

「じゃあ、高野長英どのを助け出すために？」

「そうです。鳥居耀蔵を斃すという私の狙いと一致しました」

「冬二さんは誰に殺されたんですかえ。あっしと冬二さんが本郷に向かったとき、あとから舟で追ってきたのは茂助さんでした。ひょっとして、茂助さんが？」

「そうです。冬二さんを斬ったのは茂助さんです。不忍池《しのばずのいけ》の辺《ほとり》に子分のふたりを先回りさせ、茂助さんがそこまで冬二さんを連れて行って、子分が用意した刀で斬ったのです」

「あの時、柳橋まであっしをつけてきた者がおりやした。あれは誰ですかえ」

「もうひとりの子分ですよ」

「なぜ、仲間を？」

「本庄茂平次に目をつけられていたからです。本庄茂平次は不思議な嗅覚のある男で、そのことから我らの計画に支障が出てしまうことを恐れたのです。が、それ以上に『吉乃家』の女中を殺したことへの罰を与える意味合いもありました。情夫である鳥居耀蔵の家来小笠原貢蔵の動きを探る狙いがあったのに殺してしまった」

玄蕃はやりきれないように言い、

「小笠原貢蔵は崋山先生を罠にはめるための偽りの証拠を作り上げた男です。冬二さんは何を血迷ったか、女から何も聞き出せず、逆に激しく詰《なじ》られ逆上してしまったそうですが、浅はかでした」

玄蕃はため息をついてから、

「よろしいですか」

と、駒之助を見た。

「もうひとつ。このお屋敷の関本兵庫さまとはどのような？」

「関本さまは大塩平八郎《おおしおへいはちろう》どのと交流のあったお方。私の力になっていただいておりますが、今回の企てには関係ありません。ですから、ご迷惑がかからないよう、早急にここを退去するつもりでおります」

「わかりやした。あっ、もうひとつお聞かせください」

「なんでしょう」

「押込みです。『結城屋』の押込みは玄蕃さまのお指図ですか」

「狙いを教えたのは私です。本所の小普請組の御家人の憂さを晴らすために鳥居耀蔵と親しい『結城屋』と『美濃屋』を襲わせました」

「初次さんを誘ったのは『美濃屋』に押し込むためですか」

「そうです」

「わかりました。で、決行はいつ?」

「『美濃屋』の押込みが失敗に終わった今、もはや猶予はありませぬ。今夜です」

「今夜……」

駒之助は息をのんだ。

「神田柳原岩井町にしもたやがあります。主人夫婦が娘夫婦のところに引き取られ、商売をやめたのですが、ここを茂助さんが借りています。今宵五つ(午後八時)に、全員ここに集結してください。五つ半(午後九時)にそれぞれの持ち場に向かいます」

玄蕃の顔が鋭くなった。

「そこに煙硝《えんしょう》が確保してあります。各自これを持ち、それぞれの持ち場で合図を待って一斉に火を放っていただきます。持ち場はそこでお伝えします」

「………」

「最初に火をつけるのは大伝馬町《おおでんま》一丁目です。この周辺に鳥居耀蔵を誘《お》き出《び》します。ここで鳥居耀蔵を待ち伏せるのは私と茂助さん、そして成瀬さま、それに十蔵《じゅうぞう》の四人。十蔵は夜鷹そば屋の屋台の亭主です」

「しかし、鳥居耀蔵に近づけますか。騎乗しているはず」

駒之助は懸念を指摘する。

「十蔵は元は猟師です。火縄銃を扱えます、鉄砲で鳥居耀蔵を馬から落とし、我らがそこを襲います」

「………」

「何かききたいことはおありですか」

玄蕃は皆の顔を見回し、

「それでは、暗くなったらここを出て柳原岩井町に……」

「玄蕃どの」

浪人の成瀬が口を入れた。

「この男はやめておけ」

そう言い、成瀬は駒之助を指さした。

「なぜですか」

玄蕃がきき返す。

「この男、やはり何か隠している」

「成瀬さま、それは考えすぎですぜ」

駒之助は苦笑した。

いきなり成瀬が抜刀し、切っ先を駒之助の顔に当てた。

「どうだ、この男。びくともせぬ」

「いえ、驚いて身動きがとれぬだけです」

「この男、かなりの剣の使い手と見た。間者かもしれぬ」

「成瀬さま。ご冗談は……」

「動くな」

成瀬は剣を突き付け、

「誰か縄を探して来い」

と、声をかける。

千吉が土間に下り、柱にかかっていた縄を持ってきた。

「後ろ手に縛り上げろ」

「何するんでえ」

駒之助は千吉や勘助らに押さえつけられて縄を打たれた。

「玄蕃さま、信じてください」

駒之助が哀願する。

「玄蕃どの。こいつはことが済むまでここから出さぬほうがいい。用心に越したことはない」

成瀬は容赦なく言う。

「わかりました。では、駒吉さんを結わえ付けておいてください」

玄蕃は駒之助の顔を見て、

「駒吉さん。大事の前です、お許しください。関本さまに明日の朝、解き放つように話しておきます」

「………」

「では、柳原岩井町のしもたやに。軒下に鳥が描かれた木の札がかかっている二階家です」

そう言い、玄蕃は中間部屋を出て行った。

駒之助は外に連れ出され、猿ぐつわをされ、植込みの中の松の木に縛られた。空は徐々に暗くなっていった。

五

その夜、金四郎は忍びで奉行所を出て、一ツ目弁天脇の路地を入った。

昨夜、南町の本庄茂平次たちが踏み込んだとき、もぬけの殻だった。だが、忠兵衛が付近の住人に確かめたところ、路地から大勢が出て行った形跡はないということだった。

どこかに抜け道があったのではないか。金四郎はそう考え、忠兵衛と共に大鳥玄蕃の隠れ家だった場所にやって来た。

庭に出て、裏の武家屋敷との塀のところまで行く。月明かりに、塀が浮かび上がっていた。

「ここを乗り越えたのだろう」

金四郎は塀に寄ってみた。だが、よじ登ったような形跡はなかった。塀伝いに奥に行くと、植込みがあった。

木が生い茂り、道はない。だが、金四郎は提灯《ちょうちん》の明かりを頼りに、葉をかき分けて進んだ。地べたに落ちた小枝が踏みつぶされた跡があった。

「ひとが通ったあとだ」

ついてきた忠兵衛に言う。

さらに、金四郎は前に進む。すると、隣家との塀が出てきた。

行き止まりかと思ったとき、金四郎はあっと思った。戸が見えたのだ。

「これは……」

忠兵衛も気づいて戸に手をかけた。

「開きません。向こう側から閂がかけられているようです」

「越えられるか」

「はい」

忠兵衛は辺りを見回し、太い木の枝を見つけて塀に立てかけた。そして、片足を枝にかけて勢いをつけて飛び上がり、塀の上に手をかけた。

忠兵衛はよじ登って塀の向こう側に消えた。

しばらくして、戸が開いた。金四郎がくぐる。

武家屋敷の庭に出た。母屋のほうに明かりが見える。注意深く奥に進むと、何か物音がした。

金四郎は音のほうに行く。すると、人影が見えた。木に結わかれている。

提灯の明かりを翳《かざ》して、金四郎は低く叫んだ。

「駒之助」

忠兵衛も気づいて素早く駆けより、小刀を抜いて縄を切った。駒之助は自由になった手で猿ぐつわを外し、

「お奉行、玄蕃たちは今夜、江戸に火を放ちます」

「ともかく、ここを出よう」

屋敷の者に気づかれたら面倒だ。

金四郎は再び戸を抜けた。忠兵衛と駒之助もついてくる。

「聞こう」

「はっ。玄蕃は渡辺崋山の弟子です。町に火を放ち、火事場に鳥居さまを出馬させて討ち果たし、併せて高野長英を牢屋敷から逃さんとし、今夜決行を……」

「やはり」

「五つに仲間は柳原岩井町のしもたやに集結し、五つ半にはそれぞれの持ち場に……」

ちょうど鐘が鳴り出した。

「五つだ。時間がない。三人で踏む込む」

「はっ」

金四郎は駒之助と忠兵衛と三人で両国橋を渡り、柳原岩井町に向かった。

柳原岩井町に着くと、忠兵衛は自身番に寄って奉行所への応援を頼んだ。

鳥が描かれた木の札が風にくるくるまわっていた。

「あそこです」

駒之助は二階家を見て言う。大戸は閉まっている。

「よし、忠兵衛は裏を見張り、逃げてきた者を捕らえるのだ。駒之助は表から訪ねろ。わしはすぐ踏み込む」

「はっ」

忠兵衛は裏にまわった。

「よし、行け」

金四郎は駒之助に言う。

駒之助は戸口に向かった。

くぐり戸を叩き、

「ごめんくださいな」

と、駒之助は呼びかける。

覗《のぞ》き窓が開いた。

「駒吉です。遅くなりました」

あわてて、くぐり戸が開いた。

「茂助さん。みんなお揃いですかえ」

駒之助は勝手に土間に入る。

「てめえ、どうしてここへ」

茂助の声がした。

金四郎が続いてくぐり戸を入った。

「てめえ、なんだ？」

奥から遊び人ふうの男が出てきた。

「大鳥玄蕃はいるか」

金四郎は土間に立って叫ぶ。

奥から、端整な顔立ちの玄蕃が現れた。

「玄蕃どの。もはや、企みは頓挫した。観念されよ」

「誰だ、そなたは？」

玄蕃は震えを帯びた声できいた。

「北町奉行遠山《とおやま》左《さ》衛門尉《えもんのじょう》である」

「遠山……」

玄蕃は唖然としたように呟く。

「大鳥玄蕃。おとなしくするのだ」

金四郎は諭す。

「駒吉さん。あなたは……」

「玄蕃どの。欺いていたことをお許しくだされ。私は遠山さまの家来で相坂《あいさか》駒之助と申します」

駒之助は素姓を明かした。

「なんと」

玄蕃は目を剝いた。

「我らに近づくために牢屋敷に入ったというのか」

「そうです」

「玄蕃どの。わしに任せてもらおう」

浪人が出てきた。

「成瀬さん、やめましょう。もはや、あがいてもむだです」

「わしは大塩平八郎どのの檄によって越後で立ち上がった者のひとりだ。江戸に落ち延び、最後は辻斬りにまで成り下がった。自暴自棄になっているとき、玄蕃どのと出会い、鳥居耀蔵を襲うという死に場所を得た。そなたが、わしの死に場所を奪ったのだ」

成瀬は抜刀し駒之助に迫った。

成瀬という浪人は死ぬ気なのだと、金四郎は思った。

「駒之助。これを使え」

金四郎は腰から大刀を外し、鞘ごと駒之助に差しだした。

「お奉行さま」

駒之助は躊躇《ちゅうちょ》した。

「構わぬ。成瀬どのの望みを叶《かな》えてやるのだ」

「はっ」

駒之助は金四郎の大刀を腰に差して刀を抜いた。

「行くぞ」

成瀬が上段から駒之助に斬りかかった。駒之助は相手の剣を弾いたが、すぐに今度は胴を狙っていく。

鬼気迫る成瀬の剣であったが、駒之助は冷静だった。

そのとき、金四郎は火縄の匂いに気づいた。すばやく小柄《こづか》を掴み、火縄銃を構えていた男に投げつけた。

小柄は男の左腕に命中した。その拍子に引き金を引き、銃声が轟《とどろ》いた。銃弾は柱に食い込んだ。

「じたばたするでない」

金四郎が一喝する。

駒之助と成瀬は鍔《つば》迫《ぜ》り合いになっていた。

「成瀬さん。あなたを斬りたくない。引いてください」

「そなたに斬られるなら本望」

成瀬はそう言い、渾身の力で駒之助を押し退《の》け、自身も後ろに下がった。そして、強引に駒之助に突進していく。駒之助は剣を脇構えから踏み込んだ。すれ違ったとき、駒之助の剣が成瀬の胴を斬っていた。

成瀬は前のめりに倒れ込んだ。

「成瀬さん」

駒之助は成瀬に駆け寄って肩を抱き起こした。

「見事だ」

成瀬は微笑んで、口から血を吐いた。

駒之助は成瀬の体をそっと横たえた。

「皆の者、静かにせよ。周囲はすでに捕り方が囲んでおる」

匕首を構えている男ふたりに、金四郎は声をかける。

「大鳥玄蕃、そなたが降伏すれば皆おとなしくなる。これ以上は無益だ」

玄蕃は大きくため息をつき、

「茂助さん、銀蔵さん。やめましょう。望みは潰《つい》えました」

玄蕃は無念そうに腰を下ろした。

やがて、同心の梅本喜三郎《うめもときさぶろう》が駆けつけてきた。


数日後、金四郎が下城したあと、駒之助は用部屋に呼ばれた。

「駒之助、今回の件、ご苦労であった。玄蕃は牢家敷の揚り屋で諦観したように静かに過ごしているようだ」

「そうでございますか。安心いたしました」

いずれ斬首刑になるはずだが、きっと立派に死んでいくだろうと思った。

「ところで、駒之助。そなた、大鳥玄蕃のところに潜伏中、本郷菊坂町に『丸太屋』という下駄屋を訪ねたな」

「はい。『丸太屋』に嫁いでいるおこうに会いに行ったのですが、もう『丸太屋』はありませんでした」

「もう捜すのを諦めたのか」

「いえ、落ち着いたら、改めて捜そうと思っております」

「そうか」

金四郎は頷いてから、

「駒之助。ちょっと仮牢に行って来い。入牢中の仲間がいるかもしれぬ」

「仲間……」

なぜ、金四郎がそのようなことを言うのか。真意が掴めぬまま、駒之助は玄関を出て、門の横にある仮牢に向かった。

きょうの取り調べのために小伝馬町の牢屋敷から連れ出された囚人たちが皆暗い顔で過ごしている。

駒之助は仮牢の中を見回した。すると、眉毛に白いものが交じっている年寄の顔を見て、あっと驚いた。

「善造《ぜんぞう》さん……」

いつの間にか、同心の梅本喜三郎が横に立った。

「相坂どの。善造は取り調べをし直すことになりました」

「何があったのですか」

「善造の娘のおこうは湯島天神の門前にある料理屋で女中をしており、『丸太屋』の倅《せがれ》に見初められて嫁ぐことになった寸前に、父親の善造が些細《ささい》なことから喧嘩で相手に大怪我をさせてしまい、永牢になったのです。相坂どのが『丸太屋』を訪ねたことを知ったお奉行が私におこうを捜すように命じられました」

「お奉行が……」

「おこうは『丸太屋』の倅と離縁して、深川の岡場所で働いていました」

「なんですって」

駒之助は衝撃を受けた。

善造はおこうが『丸太屋』の倅に嫁いで仕合わせに暮らしていると思っているのだ。

「『丸太屋』の倅はおこうを岡場所に売り払い、自分は他の女と暮らしておりました。そこで、調べたところ、喧嘩で相手に大怪我を負わせてしまったのは善造ではなく、『丸太屋』の倅だとわかりました。怪我をした本人がそう申し立てました」

「では、善造さんは他人の罪をかぶったというのですか」

「そうです。娘の仕合わせを願い、身代わりになったようです。倅はおこうを必ず仕合わせにすると善造に誓ったそうです。でも、その約束を倅は破ったのです。おこうは身代わりの話はまったく知らなかったということです」

　喜三郎は息継ぎをし、

「倅を問い詰め、白状させました。それできょうから善造の再吟味がはじまったのです」

「で、おこうは？」

「お奉行がご自分の金で請け出しました」

「お奉行が？」

「はい。駒之助がおこうを捜そうとしたのは牢内で世話になったからであろう。駒之助の命懸けの苦労に報いるためにも善造父娘を助けたい、と」

「お奉行はそこまで私のことを……」

　駒之助は胸が熱くなった。

「今、善造をここに呼び出します」

喜三郎は牢番に近づいた。

仮牢の扉が開き、善造が出てきた。

「善造、こちらは内与力の相坂駒之助どのだ」

「へい、善造にございます」

善造は不思議そうに駒之助を見た。

「内与力さまが私に何か」

「善造さん。無実の罪が晴れそうだときいた。よかったな」

駒之助は思わず声をかけた。

「へえ……」

善造は戸惑っている。

「善造さん。俺だよ」

「俺？」

急にくだけた駒之助に、善造は目を丸くして、

「失礼でございますが、私はどうも……」

善造は首を傾げた。

「牢内で世話になった駒吉だ」

「駒吉……。ご冗談を」

「善造。相坂どのは本郷菊坂町に『丸太屋』を訪ねてくださったんだ。そこから、今回の仕儀となったのだ」

喜三郎が口をはさんだ。

善造は駒之助の顔をじっと見つめていた。

「善造さん。ほれ」

駒之助は左の袖をたくし上げ、二の腕の桜の彫り物を見せた。

「あっ、駒吉さん」

善造が目を丸くした。

「ほんとうに駒吉さんなのか」

「そうよ。これが証拠だ」

駒之助は彫り物を手のひらで叩いた。

「間違いねえ。駒吉さんだ。ずっとどうしているか気にしていたんだ」

善造はうれしそうに言う。

「その節は世話になった。今度は俺が力になるぜ」

駒之助は駒吉の口調で言った。

「ありがてえ、夢みたいだ」

「これもお奉行さまのおかげなんだ」

駒之助は心の中で金四郎に手を合わせていた。

この作品は書き下ろしです。

幻冬舎時代小説文庫

●好評既刊
遠山金四郎が斬る
小杉健治

悪事が横行する天保の世。江戸の町に蔓延る悪を、天下の名奉行が今日も裁く。北町奉行遠山景元、通称金四郎の人情裁きが冴え渡る!! 著者渾身の新シリーズ第一弾。

●好評既刊
遠山金四郎が奔る
小杉健治

北町奉行遠山景元、通称金四郎のもとに、火事の知らせが入った。火事場に駆けつけた金四郎だったが、ある男と遭遇して――。天下の名奉行の人情裁きが冴え渡る、好評シリーズ第二弾。

●好評既刊
仇討ち東海道(一)
お情け戸塚宿
小杉健治

父の無念を晴らす為に、江戸へと向かった矢萩夏之介と従者の小弥太。しかし仇は、江戸を出奔し東海道を渡っていた。ふたりは無事に本懐を遂げることが出来るのか!? 新シリーズ第一弾。

●好評既刊
仇討ち東海道(二)
足留め箱根宿
小杉健治

父の無念を晴らす為に、東海道を急ぎ進む矢萩夏之介と従者の小弥太は峻険な箱根の山でおさんという素性の分からぬ女を助ける。しかもこの女、脛に疵持つ身のようで――。シリーズ第二弾。

●好評既刊
仇討ち東海道(三)
振り出し三島宿
小杉健治

箱根宿で思わぬ足留めをくらった夏之介と従者の小弥太。一つ先の三島宿に逗留しているらしい仇の軍兵衛は宿場で起きた殺しの疑いをかけられて――。逼迫のシリーズ第三弾。

遠山金四郎《とおやまきんしろう》が咆《ほ》える

小杉健治《こすぎけんじ》

平成30年6月10日　初版発行

発行人――石原正康
編集人――袖山満一子
発行所――株式会社幻冬舎
〒151-0051東京都渋谷区千駄ヶ谷4-9-7
電話　03(5411)6222(営業)
　　　03(5411)6211(編集)
振替00120-8-767643

印刷・製本―株式会社　光邦
装丁者――高橋雅之

幻冬舎時代小説文庫

ISBN978-4-344-42753-2　C0193　こ-38-7

幻冬舎ホームページアドレス　http://www.gentosha.co.jp/
この本に関するご意見・ご感想をメールでお寄せいただく場合は、
comment@gentosha.co.jpまで。